TITULOS PUBLICADOS EN ESTA COLECCION

En el mundo de los cuentos
Las mil y una noches
Festival de Walt Disney
Leyendas universales
Don Quijote de la Mancha
Corazón
Fábulas
Martín Fierro
Desfile de Walt Disney
La isla del tesoro
Mujercitas
Cuentos de Andersen
Las aventuras de Tom Sawyer
La Ilíada y la Odisea
Robin Hood
Cuentos de Grimm
La vuelta al mundo en ochenta días
Fiesta de cuentos
El trencito de los cuentos

EN EL MUNDO
DE LOS CUENTOS

COLECCION ESTRELLA

EDITORIAL SIGMAR - BUENOS AIRES

Cuentos adaptados

por

JULIA DAROQUI

Ilustraciones de

SANTOS MARTINEZ KOCH

DECIMA EDICION

LA CENICIENTA

cinderella

HABÍA una vez, hace muchísimos años, una linda niña huérfana de madre. Su padre la quería mucho y los dos vivían muy felices. El padre era rico y nada les faltaba.

Cerca de la casa, vivía una dama viuda con dos hijas. Eran gente envidiosa y se pasaban el día suspirando por lo que tenían sus vecinos. Todo era para ellas motivo de envidia, desde la hermosura de la niña —ellas eran muy poco agraciadas— hasta el bienestar en que vivían.

Un día, el padre de la niña de esta historia, pensando que su hija necesitaba una madre que la cuidara, decidió pedir en matrimonio a su vecina viuda. Ella aceptó y se casaron. Y de esta manera, la ambiciosa dama y sus dos hijas se hicieron dueñas de la casa.

Para mayor desdicha, el padre debió salir de viaje por largo tiempo, y la niña quedó sola con su madrastra y las dos hermanas. Poco a poco, la fueron haciendo completamente a un lado y la pequeña acabó por ser una sirvienta para las tres mujeres. Su sitio estaba en la cocina, entre las tiznadas ollas y cacerolas, y como su ropa y sus cabellos tenían siempre señales de ceniza, comenzaron a llamarla Cenicienta. Y este nombre le quedó.

La viuda y sus dos hijas sólo pensaban en arreglarse y pasear. Gastaban mucho dinero en ropa, sin conseguir por ello ser menos feas, en tanto que Cenicienta tenía que remendar continuamente sus vestidos usados, que no se renovaban.

—Cenicienta —decía una de las hermanas—. Plánchame este lazo que debo ponerme esta tarde.

—Cenicienta —gritaba la otra—. No olvides que debes limpiar mis zapatos de raso.

—Cenicienta —gruñía la madrastra—. Ten la comida lista y la cocina limpia para cuando volvamos de nuestro paseo.

Porque no podían perdonarle que fuera tan bonita y trataban de todas maneras que nadie la viera, y mucho menos, que se engalanara. Así se sucedían los días, uno tras otro, todos iguales para la pobre Cenicienta que sólo llenaba las horas fregando los pisos y puliendo las ollas.

Algunas veces, cuando tenía un momento libre, se sentaba junto a la ventana, y pensando en los tiempos en que había sido feliz con su padre, lloraba en silencio. Ahora se sentía muy sola y desdichada. Su único consuelo era la compañía de los pájaros que acudían a verla cuando se asomaba a la ventana. Eran sus amigos, con ellos conversaba, y les confiaba sus penas.

Así fué pasando el tiempo, hasta que un día, Cenicienta oyó a su madrastra y sus hermanas hablar con mucha animación, mientras revolvían

7

agitadamente los roperos. Se acercó a ellas, y supo así que una gran noticia corría por la ciudad: el príncipe daría en fecha próxima un gran baile, al que sería invitada mucha gente. Ni cortas ni perezosas, las tres mujeres se disponían a preparar sus adornos. Desde ese instante, todo fué movimiento en la casa, y comprar telas y plumas y cintas. Pero de Cenicienta nadie se acordaba, y la niña seguía ocupando su lugar en la cocina, con las ropas manchadas de ceniza.

De esta forma fueron transcurriendo los días, estando cada vez más próximo el baile del palacio real. Las tres malvadas no cabían en sí de alegría, pues los vestidos que se hacían eran muy lujosos y estaban seguras de tener mucho éxito en la fiesta.

Cenicienta tenía una pequeña esperanza y aunque nadie le habló nunca de hacerle un traje de fiesta, suponía que no la dejarían en casa. Por eso, tímidamente, se atrevió a decir un día a su madrastra:

—¿Qué vestido me pondré yo para la fiesta, señora? Los que tengo están viejos.

Por toda respuesta, las tres se echaron a reír. Rieron tanto, que no podían hablar, y cuando por fin pararon de reír, exclamó la madrastra:

—¡Habráse visto! ¡La fregona quiere ir al baile del palacio!

Cuando llegó la noche fijada, las tres mujeres, muy lujosas y adornadas, partieron para la fiesta dejando muy triste a Cenicienta. Mientras la pobre niña fregaba, se puso a llorar, hasta que de pronto, un gran resplandor iluminó la cocina. Cenicienta levantó los ojos y vió ante ella un hada de gran hermosura que le habló dulcemente:

—¿Por qué lloras, Cenicienta? ¿Qué necesitas?

Cenicienta secó sus lágrimas y le contó todo.

—¿Y tú querrías ir esta noche a la fiesta?

—Así es —contestó Cenicienta—, pero no tengo ningún vestido de baile.

—No te preocupes —le respondió el hada—. He venido para ayudarte.

Al decir esto, alzó la varita mágica y tocó con ella la cabeza de Cenicienta. Apenas lo hizo cuando todo el aspecto de la niña cambió, y en lugar de sus remendados vestidos se vió cubierta por un precioso traje de baile, adornada y lista para presentarse en palacio.

—Bien —dijo el hada entonces—. Ya puedes partir. Pero debo advertirte una cosa. Saldrás del baile antes de que el reloj dé la última campanada de las doce, porque a esa hora cesará el encanto y volverás a tener tu viejo vestido.

Después, el hada movió la varita mágica y ante la puerta de la casa apareció una lujosa carroza, con un cochero y un lacayo que entre grandes reverencias se pusieron a disposición de la niña. Cenicienta dió las gracias a su hada buena, y subió al carruaje que partió al momento.

Así llegó la niña feliz al baile del palacio real. Cuando entró en el salón, todos se volvieron a mirarla. Estaba hermosa como un sol y su traje era el más bonito de todos los que se veían en la fiesta. Además, Cenicienta tenía tanta gracia y distinción que pronto corrió entre los cortesanos la voz de que una bella princesa desconocida acababa de presentarse en el palacio. La voz llegó hasta el príncipe, que quiso conocer a esa dama de cuya hermosura tanto se hablaba. Y no bien la vió, quedó perdidamente enamorado de ella.

Se acercó a Cenicienta, la invitó a bailar, y solamente con ella danzó toda la noche. Nunca hubiera soñado Cenicienta que eso pudiera ocurrir. El palacio real parecía una joya de luces, había flores por todos lados y los espejos en que Cenicienta se miraba le decían que era la dama más bonita que había en aquel baile.

La madrastra y las dos hijas, olvidadas de todos en un rincón del salón, tiesas y feas dentro de sus lujosas ropas, la miraban sin reconocerla y sin sospechar ni por un momento que la reina de la fiesta era nada menos que la pobre fregona que se pasaba los días limpiando la ceniza de su cocina.

Pero sucedió que en medio de tanta alegría y felicidad, Cenicienta olvidó por completo la recomendación que le hiciera el hada. Y de pronto, con el espanto que es de imaginar, oyó que el gran reloj del salón comenzaba a dar las doce campanadas de la medianoche.

Llena de terror, se separó del príncipe, y sin escuchar su llamado, atravesó el salón y bajó la gran escalinata del palacio a todo correr. Al huir, un zapatito se le cayó en la escalera. Cenicienta no se detuvo a recogerlo, y con toda ligereza, trepó a su carruaje y se alejó en la noche. El príncipe quedó desolado al verla desaparecer tan repentinamente. Pero vió el zapatito plateado en la escalera y se agachó a recogerlo.

—Por este zapato —dijo— he de encontrar a la bella princesa.

Tranquilizado, volvió al salón donde todos quedaran sorprendidos por la huída de la dama. Ya no volvió el príncipe a bailar y poco después todos los invitados se retiraron. El príncipe guardó cuidadosamente el zapatito, porque ya tenía su plan para encontrar a la hermosa dama del baile.

Cuando la madrastra y las hermanas llegaron a la casa, hallaron a Cenicienta durmiendo en su camastro. Las tres hablaron hasta por los codos, contando cuánto se habían divertido en el palacio, con el único fin de dar envidia a la niña.

Hablaron sobre todo de la hermosa desconocida, y cómo el príncipe había bailado solamente con ella. Cenicienta escuchaba en silencio y pronto se convenció de que ninguna de las tres envi-

diosas la habían reconocido. Cansadas por fin de tanta charla, la madrastra y las dos hijas se fueron a dormir dejando otra vez sola a Cenicienta que aquella noche se durmió sonriendo.

Al día siguiente hubo gran revuelo en la población. El príncipe había dispuesto que un heraldo, montado a caballo, y tocando la trompeta, recorriera las calles en busca de la hermosa joven del baile. Junto al heraldo caminaba un lacayo llevando el breve zapato que debían probarse todas las jóvenes de la ciudad, hasta dar con aquélla a quien le quedara bien.

Es de imaginarse el alboroto que esto ocasionó. Los vecinos se asomaron a las puertas y los chiquillos seguían ruidosos el raro cortejo. Pero especialmente las jóvenes estaban muy agitadas, porque al probarse el zapato tenían la ilusión de que quizá les quedara bien.

De casa en casa, los enviados del príncipe llegaron a la de Cenicienta. No había ya quien no se hubiera probado el zapatito, pero era tan pequeño que en ningún pie cabía. Cuando la madrastra vió tanta gente frente a su casa, corrió a avisar a sus hijas.

Salieron las dos muchachas, y aunque nadie, al verlas tan feas, supuso que fuera ninguna de ellas la bella joven del baile, los emisarios les rogaron que se probaran el zapato. Por más esfuerzos que hizo la mayor de las hermanas, su enorme pie no pudo entrar en el zapatito. Probaron entonces a la otra hermana. Pero también ella, después de vanos esfuerzos, debió desistir.

—¿No tenéis más hijas? —preguntaron.

La madrastra iba a contestar que no, vaciló, y por fin dijo que estaba también la fregona de la casa, pero que sin duda no valía la pena molestarse en llamarla. El enviado del príncipe insistió sin embargo, y pronto apareció Cenicienta. Y ante el asombro de todos, el zapatito, tan pequeño, calzó perfectamente en el pie de la niña.

Grande fué el alboroto de todos al ver que se había encontrado por fin a la bella joven del baile, de quien se había enamorado el príncipe. Y en medio de la envidia de la madrastra y de las dos hermanas, Cenicienta fué llevada a palacio. Allí, el príncipe la reconoció en seguida como su bella compañera de baile, y le pidió que se casara con él.

Muy pronto se celebró la boda y Cenicienta perdonó generosamente a su madrastra y a las dos hijas todo el mal que le habían hecho. El príncipe y la joven fueron muy felices y reinaron muchos años, queridos por todos.

EL GATO CON BOTAS

puss in boots

VIVÍA hace muchos años en un país muy lejano, un molinero en su molino. Era muy
pobre, muy pobre. Tanto, que cuando murió, no
dejó a los tres hijos que tenía, otra cosa que el
molino, el burro de labranza, y un flaco gatito.

Los muchachos hicieron cuenta de la herencia,
y tras de analizar el caso, la repartieron según
el orden de su importancia, de acuerdo a la edad:
el mayor se quedó con el molino, el segundo con
el burro, y al menor le tocó en suerte el gato.

—No sé que me puedas servir para mucho —se
dijo el muchacho mirando al gato—. Mis hermanos podrán trabajar utilizando el molino y el
burro, pero, ¿qué he de hacer con este gato, sino
gastar en su alimentación?

Pero el gatito, que lo escuchaba, se paró frente a él, y con gran sorpresa del joven, le dijo:

—Yo te voy a ayudar a hacer fortuna. Todo
cuanto necesito es que me compres un sombrero,
una casaca y un par de botas.

Es de imaginar el asombro del muchacho al oír
hablar a su gato. Pero se repuso, y pensando que
nada le costaba probar suerte, consiguió para el
animalito lo que éste le había pedido. No bien
estuvo vestido, el gatito tomó una bolsa y una so-
ga, y se escondió cerca del molino, en un lugar
donde solían reunirse a comer los conejos. El
gato dispuso la bolsa como una trampa, y colocó
dentro una sabrosa zanahoria.

No tardó en caer engañado un atrevido conejo.
Cerró entonces el gato el extremo de la bolsa, y
colgándosela al hombro, volvió a la casa, en busca de su amo.

—No te muevas —le dijo—. Yo empiezo ahora a hacer tu fortuna.

Con la bolsa al hombro partió hacia el palacio
del rey. Un gran centinela cuidaba las puertas,
pero el gatito no se asustó por eso. Con aire re-
suelto explicó al hombre que tenía que hablar
con Su Majestad. Mucho se asombró el guardia
al ver a un gato así vestido que le hablaba y lo
dejó entrar. El rey estaba sentado en el trono, y
junto a él, su hija, la bella princesa. El gato se
acercó ceremoniosamente y dijo:

—Señor: mi amo, el Marqués de Carabas, os
envía esta pieza cazada en sus dominios.

El rey quedó encantado con la fineza y con el
emisario. Y así volvió el gato al palacio de tanto
en tanto, hoy con una liebre, mañana con una

perdiz, diciendo siempre que lo mandaba su amo, el
Marqués de Carabas. Toda la corte no hacía otra
cosa que hablar del magnífico Marqués, y todos
ansiaban conocerle. Pero la más interesada era la
hija del rey, la linda princesita.

Un día, el gato supo que el monarca y la princesa darían un paseo, y corrió a prevenir a su amo.
Con gran sorpresa del joven, le ordenó que fuera a bañarse en un arroyo cercano, que él se encargaría de lo demás. El muchacho obedeció, y
cuando el gato vió aproximarse la carroza del rey,
empezó a dar gritos pidiendo ayuda para el Marqués de Carabas que se ahogaba.

Al ver al gato con botas, comprendió el rey de
quién se trataba, y dió orden a sus criados para
que corrieran a socorrerlo. Mientras, el gato se
acercó a la carroza y comenzó a lamentarse:

—¡Ah, señor, qué desgracia! ¡Si supierais!...
Imaginaos que mientras mi amo se bañaba en el
arroyo, unos ladrones le han llevado sus lujosas
ropas y no tiene ahora qué ponerse para presentarse ante Vuestra Majestad.

Apenas oyó esto, el rey hizo traer de palacio
un traje completo para que el joven se vistiera.
Quedó el muchacho muy apuesto con aquellas ropas, y cuando se acercó a la carroza real, parecía
verdaderamente un marqués. El rey lo invitó a
acompañarlos en su paseo, y el joven aceptó. El
gatito, entretanto, corrió a todo correr y previno
a los campesinos que trabajaban junto al camino:

—Ahora pasará por aquí el rey. Cuando os
pregunte de quién son estas tierras, diréis que
pertenecen al Marqués de Carabas. Si no lo ha-
céis, os haré picadillo.

Asustados por la amenaza, todos obedecieron.
Y quedó el rey muy impresionado al saber que
tantas tierras, viñas y bosques, eran de su joven
compañero de viaje, el Marqués de Carabas.

Siempre en la delantera, el gato corrió y corrió
hasta llegar a un castillo donde vivía un ogro
malvado, y dueño de todas las tierras por donde
habían pasado. El gato pensó que había llegado
el momento más difícil de su plan, y valientemente, pidió hablar con el dueño del castillo.

El ogro estaba listo para recibir a unos amigos
para quienes había preparado un suntuoso banquete, y salió al vestíbulo para atender al gato.

—Gran señor, se dice que sois muy poderoso y
por eso quise saludaros. Comentan por ahí que

sois capaz de transformaros en cualquier animal de gran tamaño, tal como un elefante o un león.

—Es verdad— asintió el ogro complacido.

—Pues me gustaría verlo —dijo el gato—. De otro modo, no lo voy a creer.

Enfurecióse el ogro, e inmediatamente se transformó en un león rugiente. Mucho se asustó el gato, que oculto tras una columna, gritó que lo que no creía era que pudiera transformarse en un animal pequeñito. El ogro se enfureció más aún:

—¿Cómo te atreves a suponer que yo no sea capaz de eso? ¡Mira!

E inmediatamente se convirtió en un ratón que comenzó a correr por el salón.

El gato había conseguido lo que quería. No perdió un segundo; se arrojó sobre el ratoncillo, y en menos que canta un gallo lo devoró, concluyendo así con el ogro malvado. Ya era tiempo, pues sobre el camino de arena se sentían las ruedas de la carroza real que se aproximaba.

Cuando el carruaje estuvo frente a la puerta, apareció en ella el gatito, quien quitándose el sombrero con plumas y haciendo una profunda reverencia, saludó así:

—Bienvenido seáis, al castillo del Marqués.

El más sorprendido era sin duda alguna el dueño del gatito, pero ya estaba empezando a comprender que el gato con botas haría su fortuna como se lo había prometido.

El rey dió las gracias al Marqués por su gentil

hospitalidad, y él y la princesa entraron al magnífico castillo. Estaba realmente encantado de haber conocido a aquel joven tan agradable, y no digamos nada de la princesa. El gato con botas hacía las ceremonias.

—Pasad a tomar algo —invitó.

Y los llevó al comedor, donde el ogro tenía preparado el banquete para sus amigos. La mesa estaba cubierta con mantel de encaje, y sobre ella había exquisitos manjares y ricos vinos.

—Sin duda esperabais gente —dijo el rey.

El joven vaciló, pero el gato intervino:

—Suponíamos que nos haríais el honor de pasar por el castillo, y preparamos una simple merienda, señor.

El rey quedó muy satisfecho con la explicación. Después de comer, recorrieron las posesiones que rodeaban el castillo, y el soberano, no sabiendo cómo demostrar a aquel atento joven cuánto lo estimaba, le ofreció la mano de su hija. Como la princesa era muy hermosa, el hijo del molinero se había enamorado de ella desde que la viera. Lo mismo le había ocurrido a la joven al ver al guapo Marqués de Carabas. De manera, que los dos recibieron con alegría la proposición del rey.

Poco tiempo después se celebró la boda y vivieron felices muchos años. El muchacho no olvidó nunca lo que debía al gato con botas, de forma tal que el animalito no pasó ninguna clase de privaciones por el resto de su vida.

EL POZO MAGICO

EN remotos tiempos vivían con su madre dos niñas que se llamaban Alda e Hilda. La segunda era buena y hermosa como un sol, en tanto que la hermana era fea y perezosa. La madre, sin embargo, quería más a esta última, quizá porque tal vez fuera cierto que Hilda no era verdaderamente hija suya. Lo cierto es que Hilda trabajaba de la mañana a la noche, en tanto que Alda no sólo no hacía nada sino que la atormentaba con sus malos modos.

Un día en que Hilda, ya cumplida gran parte de su tarea, hilaba junto al pozo, se pinchó un dedo y manchó el huso con sangre. Quiso limpiarlo, y el huso escapó de sus manos cayendo al fondo del pozo. La niña lloró mucho, y al enterarse su madre de lo que había pasado, solamente se encogió de hombros diciéndole que debía encontrar la manera de sacar de allí el huso. Trató Hilda de obedecerla, y al inclinarse sobre el bro-

cal, resbaló y cayó al agua. Al llegar al fondo del pozo se desmayó.

Cuando abrió los ojos, se halló en un lugar maravilloso: una pradera llena de flores y un camino que llevaba hasta una casita de techo rojo, por cuya chimenea salía espeso humo. Hilda se acercó a la casita y vió que en el horno se cocían muchos panes que gritaban:

—¡Ya estamos cocidos! ¡Sácanos de aquí!

Hilda libró a los panes de morir quemados, y siguió su camino. Todo era hermoso en aquel lugar y poco más adelante vió un manzano cargado de frutos, tan agobiado por el peso, que gritaba:

—¡Mis ramas me pesan! ¡Sacúdeme para que caigan los frutos maduros! ¡Sacúdeme!

Así lo hizo Hilda, y el manzano volvió a elevar sus ramas al cielo. Siguió caminando la niña, y llegó hasta una casita cuya dueña estaba sentada a la puerta. Cuando Hilda se acercó, vió que se trataba de una anciana cuyos dientes eran tan largos, que le asomaban por entre los labios. Asustada, iba a echar a correr, pero la anciana la llamó con voz dulce y suave.

—No te vayas —le suplicó—. ¡Me gustaría tanto que te quedaras conmigo! Quédate aquí y yo te recompensaré. Lo único que quiero es que hagas mi cama, mullendo el colchón para que las plumas vuelen como nieve. Quédate con la vieja madre Escarcha.

La niña ya no tuvo miedo y se quedó. Allí fué muy feliz, porque trabajaba sin que nadie le rezongara. Por el contrario, la viejecilla la llenaba de elogios continuamente. Pero un día sintió deseos de volver a ver a su madre, y así se lo dijo a la vieja madre Escarcha.

—Está bien —respondió la anciana—. Has sido muy buena conmigo, y yo misma te llevaré. Pero antes quiero darte algo.

Llevó a la niña junto a una pesada puerta que, al abrirse, dejó caer sobre ella una lluvia de monedas que se pegaron a sus ropas y zapatos. Después, le devolvió el huso perdido, cerró la puerta, y entonces Hilda se halló sola y muy cerca de la casa de su madre. Cuando llegó a la puerta, el gallo, al verla entrar, cantó alegremente: "¡Kikirikí! ¡La niña de oro ha llegado aquí!" Al oírlo, salieron corriendo Alda y su madre, quienes abrazaron a Hilda, a la que creían perdida. Pero pronto empezaron a preguntarle de dónde había sacado aquellas riquezas. Hilda contó toda su aventura, y la ambiciosa madre pensó que su hija podría conseguir también lo mismo.

Alda se puso a trabajar junto al pozo. Tanto hiló que le sangraron los dedos, arrojó el huso al agua, y se echó al pozo tras él. Y todo sucedió igual que en el caso de Hilda. Despertó en la riente pradera, y vió la casita donde se cocían los panes. Pero cuando le pidieron que los sacara del horno, ella vió que eran muchos y que la pala era muy pesada, por lo que siguió su camino. Encontró después el manzano cargado, que le suplicó que lo sacudiera, pero era demasiado trabajo conseguir que cayeran las manzanas y siguió su camino sin oírlo. Así llegó a la casa de la vieja madre Escarcha, a la que halló sentada a la puerta. La anciana le pidió que se quedara con ella y Alda consintió. Pero pronto se cansó de cumplir con su trabajo, y dejó de hacer las camas y de mullir los colchones, por lo que las plumas ya no volaron más como blancos copos de nieve sobre la tierra.

Cansada por fin la madre Escarcha, la hizo salir un día de la cama y le dijo que ya no necesitaba más sus servicios. Alda se puso muy contenta de poder volver con su madre, y pensó que ahora tendría su recompensa. La anciana la llevó hasta la puerta, y cuando Alda salió, en lugar de oro cayó sobre ella una lluvia de alquitrán. La puerta se cerró, y Alda se encontró muy cerca de su casa.

Estaba tan afligida, que no anhelaba otra cosa que estar junto a su madre, aun cuando le daba vergüenza presentarse así. Corrió hasta el portoncito de su casa, y al verla llegar, el gallo gritó: "¡Kikirikí! ¡La pequeña negra ha llegado aquí!" Al oírlo, corrieron a recibirla Hilda y su madre. Grande fué su sorpresa al ver a Alda embadurnada de negro de la cabeza a los pies. Y cuando al conocer su historia, la madre intentó protestar contra la mala conducta de la vieja madre Escarcha, fué la misma Alda quien le respondió, ya completamente cambiada:

—No, mamá. Solamente he recibido lo que merecía. No supe ser buena con los panes, ni con el manzano, ni con la madre Escarcha. Ni siquiera a ti te he ayudado nunca. Pero de aquí en adelante, seré muy distinta.

Y desde entonces, Alda fué tan buena y trabajadora como su hermana, a la que quiso y ayudó, haciendo las dos la felicidad de su madre.

LA REINA ABEJA

TRES príncipes hermanos vivían en lejanos tiempos en el palacio de su padre, el rey. Los dos mayores eran alegres y un tanto alocados, y un buen día, aburridos de la vida que llevaban, decidieron abandonar el palacio en busca de aventuras. Claro está que no pasó mucho tiempo antes de que gastaran todo el dinero que llevaban, y como eran incapaces de realizar ningún trabajo serio, muy pronto se hallaron en la mayor pobreza. Pensaron regresar al palacio, pero temiendo el enojo del rey, siguieron andando.

El más joven de los hermanos, muchacho serio y apacible, resolvió entonces salir a buscarlos, para acudir en su ayuda, porque hasta el palacio real habían llegado noticias de su desventura. Pero cuando los hermanos mayores lo vieron aparecer ante ellos, se echaron a reír. Suponían que aquel muchacho, pequeño y débil, no podía triunfar en nada, puesto que ellos, grandes y fuertes, habían fracasado. Pero como al menor no le importaron las burlas, siguieron los tres juntos sus andanzas.

Un día pasaron cerca de un gran hormiguero, y el mayor propuso deshacerlo para ver cómo se las arreglaban las hormigas. El segundo aprobó la idea, pero intervino entonces el menor:

—¿Por qué hacer daño inútil? Déjalas que sigan su camino. No permitiré que las molesten.

Como a los dos príncipes no les importaba ni poco ni mucho el asunto, hicieron caso a su hermano y siguieron caminando. Al cabo de un rato pasaron junto a un lago donde nadaban algunos patos. El segundo de los hermanos propuso cazarlos para comerlos asados, pero otra vez intervino el hermano más joven:

—¡Pobres patitos! Déjalos vivir en paz. No permitiré que los molesten.

No les hizo esto mucha gracia a los hermanos, pero otra vez se encogieron de hombros y siguieron su camino. Llegaron a un bosque y se tendieron a descansar. Uno de los hermanos mayores dijo de pronto mirando un árbol muy frondoso:

—Según se ve, por aquí hay abejas. Mirad cómo corre la miel a lo largo del tronco. Si encendemos un buen fuego junto al árbol, las abejas morirán allá arriba y podremos quitarles la miel sin ningún peligro.

Empezaron entonces los dos príncipes a juntar ramitas para hacer el fuego, cuando intervino el menor:

—Dejad en paz a esas abejas. No permitiré que las molestéis. Sigamos nuestro camino.

Sin mucha gana, pero sin discutir, los dos mayores obedecieron y siguieron caminando. Ya estaban terminando sus escasas provisiones, cuando un buen día llegaron ante un hermoso castillo. Se acercaron a la puerta, llenos de alegría, pero entonces advirtieron que todo estaba silencioso allí, como si el castillo estuviera abandonado.

Entraron en el parque y llegaron a las caballerizas, donde encontraron varios caballos, muy hermosos, pero de mármol. Recorrieron después todo el castillo, pieza por pieza, sin hallar en el trayecto ni una sola persona. Por fin llegaron hasta una puerta cerrada, que tenía tres cerraduras. Intentaron abrirla sin conseguirlo, y entonces el mayor, el más alto de los tres, vió que arriba tenía la puerta una mirilla. Se alzó sobre la punta de los pies, y miró.

Adentro había un anciano sentado ante una mesa muy bien servida. Lo llamó suavemente primero y a los gritos después, pero el anciano no oía. Hasta que por fin, levantó los ojos y al ver al príncipe les abrió la puerta. Con un gesto les ofreció que comieran, cosa que los tres jóvenes hicieron con mucho gusto, y luego, siempre sin hablar, los llevó a un aposento donde pudieron descansar.

Al día siguiente, el anciano llamó al hermano mayor y le enseñó una tablilla donde estaba escrita la fórmula para desencantar el castillo. Decía así: "En el bosque están enterradas las mil perlas de la hija del rey. Hay que encontrarlas, pero si falta alguna a la puesta del sol, quien las busque se convertirá en estatua". Entusiasmado, comenzó el príncipe a buscar las perlas en el bosque. Pero cuando el sol se escondió en el horizonte, no tenía siquiera cien perlas en sus manos, y quedó convertido en mármol. El segundo hermano corrió al otro día la misma suerte. Restaba ahora al pequeño príncipe tentar la aventura. Poco después de iniciar la tarea, se convenció de que jamás podría tener éxito en esa búsqueda desesperada. Pero sucedió entonces que vinieron las hormigas que él había salvado, y con su ayuda recogió las mil perlas antes de ponerse el sol.

El anciano le enseñó luego otra tablilla que decía: "La llave de la cámara de la princesa debe sacarse del fondo del lago". Las aguas eran profundas y parecía imposible hacerlo. Pero vinieron los patos, y antes de ponerse el sol, le entregaron la llave. Pero todavía quedaba otra prueba. Una tercera tablilla decía: "El rey tiene tres hijas. ¿Cuál de ellas es la más joven?" Se presentaron ante el príncipe las tres niñas, todas iguales. ¿Cómo podría saber cuál era la más joven? Pero alguien murmuró a su oído que la más joven había desayunado con miel. Y fué entonces cuando apareció la reina abeja, cuya vida él salvara, y pasando de largo junto a las dos primeras muchachas, se acercó a la que había comido miel.

Dijo el príncipe cuál era la más joven, el encanto del castillo quedó roto, y él se casó con la menor. Poco después, fué padrino de bodas de sus hermanos, que se casaron con las otras princesas.

✳ LA BELLA DURMIENTE

Sleeping beauty

EN tiempos muy, pero muy lejanos, había un pueblo feliz gobernado por dos soberanos, prudentes, queridos y respetados por todos. Nadie era allí desdichado. Y los mismos soberanos hubieran sido también tan dichosos como sus súbditos, si no les hubiera faltado algo que deseaban con todo corazón: un hijo.

Hasta que por fin, quizás en premio a su bondad, el cielo les concedió esa felicidad que anhelaban, y tuvieron una niña. Era lindísima, y parecía un ángel en su cuna. En todo el país se celebraron fiestas con ese motivo, y es de imaginarse que la que se hizo en palacio superó a todas.

Ni uno solo de los servidores quiso quedarse atrás, y así pasteleros, y reposteros, y jardineros y tapiceros, ofrecieron lo mejor de sus obras para festejar el acontecimiento. Pero un ingrato episodio se produjo durante la fiesta en palacio.

Los reyes habían invitado especialmente a las hadas. Una por una se fueron acercando a la cuna, y cada una de ellas le hizo el regalo de un don especial. Esta le ofreció belleza, aquélla bondad, la de más allá inteligencia. Y así dotaron a la princesita de todas las más hermosas cualidades imaginables.

Pero los reyes habían olvidado una invitación: una vieja hada que, huraña y gruñona, no se acercaba nunca al palacio. Y esa noche, en medio de la sorpresa de todos, apareció con cara de pocos amigos.

—Todo lo tendrás —dijo aproximándose a la cuna— tal como te lo dieron mis hermanas. Pero al cumplir quince años, te pincharás un dedo con un huso, y morirás.

Y después de decir esto, desapareció, en medio de la desesperación de todos. Un hada generosa, sin embargo, se acercó a consolar a la reina. Y le dijo que aunque no podían hacer nada para romper esa predicción, quizás podían aliviarla en algo: la princesita no moriría, sino que permanecería dormida hasta pasados cien años.

Pasó el tiempo y la princesa tuvo todos los dones regalados por las hadas, por lo que era tan querida como sus padres. Se acercaba su décimo quinto aniversario, y aunque ya nadie se acordaba apenas de la maldición, el rey había hecho desaparecer del palacio todos los husos.

El mismo día del cumpleaños, cuando se hacían los preparativos para la fiesta, la princesita subió por curiosidad a una de las torres del palacio, que no había visitado nunca. Abrió la puerta de una habitación que halló al extremo de la escalera, y halló dentro de ella una viejecilla que manejaba un raro aparato. Al interrogarla, contestó la anciana que estaba hilando, y que aquello era un huso.

—¿Quieres probar y hacerlo tú? —le preguntó.

Por supuesto, la viejecilla no era otra que el hada mala. Pero la princesita, ignoraba su existencia, y estaba lejos de imaginar que alguien pudiera desearle ningún mal. Aceptó la invitación, y no bien se puso a manejar el huso, se pinchó un dedo. Entonces se cumplió la predicción, y la joven quedó profundamente dormida.

No tardó en correr por todo el palacio, y un poco después, por todo el país, la triste noticia de lo sucedido a la princesita. El hada mala había triunfado pese a todas las precauciones, y la princesita permanecería dormida durante cien años por obra de su encantamiento. Intervino entonces el hada buena, y queriendo mitigar el dolor de los reyes, tuvo una idea que llevó a cabo de inmediato: fué tocando uno por uno a todos los habitantes del palacio con su varita mágica, y ni uno solo de ellos quedó despierto. Cortesanos, guardias y servidores, acompañaron a la princesa y a sus padres en su sueño.

Los años se fueron sucediendo. Como todos en el castillo dormían, nadie podía ocuparse de cuidarlo, y no pasó mucho tiempo antes de que las malezas invadieran el terreno. Desapareció por completo lo que antes fuera hermoso parque y cuidados jardines. Así se formó alrededor una espesa selva enmarañada, y al cabo de un tiempo muy poca gente recordaba ya lo que había quedado oculto detrás de la espesura. Algunos, muy viejos, referían la vaga y lejana leyenda de un castillo y de una princesa que dormía un sueño de un siglo, pero nadie creía en esas cosas.

Y sucedió que un día —justamente cuando se cumplían los cien años del encanto— un príncipe joven y valiente, atraída su imaginación por aquellos misteriosos relatos, sintió deseos de conocer la verdad sobre la bella durmiente del castillo. Y montado en su hermoso caballo blanco, sin más ayuda que su espada, se fué abriendo camino entre la maleza. Anduvo mucho tiempo y muy trabajosamente, lastimándose con las plantas silvestres de agudas púas. Ya estaba a punto de desistir, cuando ante sus ojos asombrados vió alzarse el ruinoso castillo. Mucha fué su alegría al verlo y no vaciló en acercarse a las agrietadas paredes. Desmontó, y subió los viejos escalones llenos de musgos, mientras el corazón le saltaba en el pecho.

Entró así en el castillo. El inmenso vestíbulo de mármol estaba desierto. Avanzó más, y pasó al salón de fiestas donde con mayor sorpresa aún, vió un grupo de damas y caballeros en actitud de conversar unos, y de bailar otros, pero quietos y completamente dormidos. Siguió caminando por salas y corredores y galerías, hallando siempre el mismo espectáculo: nobles, guardias, damas y cortesanos, sumidos en profundo sueño. Y hasta en la sala del trono, ocupando su alto sitial, los dos soberanos dormían tranquilamente.

dormía su sueño de un siglo. Despertada su curiosidad, se echó a buscarla. En alguna parte del inmenso castillo tenía que encontrarla.

Volvió a recorrer los salones, pero en ningún lugar aparecía la bella durmiente. El príncipe presentía que no estaba entre las damas del salón de baile: ella debía ser mucho más hermosa aun que cualquiera de ellas. De pronto, al final de un pasillo, encontró una escalera que conducía a lo alto de una torre. Cuando llegó arriba, trémulo de emoción, abrió la puerta. Y allí, junto a un antiguo huso, una bellísima muchacha, sumamente joven, dormía plácidamente.

Tan impresionado quedó el príncipe al verla, que se acercó a ella y respetuosamente, besó su mano. Apenas lo había hecho, la princesa abrió los ojos y le sonrió graciosamente.

Se arrodilló el príncipe ante ella, y sin perder

Bajó nuestro valiente príncipe a las cocinas. Todo estaba silencioso en las vastas dependencias y aunque cocineros y pinches parecían estar en plena actividad, permanecían inmóviles. Hasta el gatito del cocinero, sorprendido en momentos en que atrapaba un trozo de carne, había quedado paralizado en su huída. Entonces recordó el príncipe a la princesa de la leyenda. Puesto que todo era como los ancianos campesinos lo narraban, también debía existir la bella princesa que

un segundo, le contó quién era y cómo había llegado hasta allí. Después, los dos jóvenes bajaron a los salones, donde hallaron que toda la corte comenzaba a revivir. Con infinita alegría abrazaron los reyes a su hija, y en prueba de agradecimiento a su salvador, le ofrecieron la mano de la princesa.

La boda se celebró poco tiempo después y los príncipes vivieron dichosos porque supieron hacer feliz a su pueblo.

CAPERUCITA ROJA

little red riding hood

HABÍA una vez, en el extremo más lejano de un bosque, una linda casita donde vivía una niña pequeña con su mamá. La mamá, que era muy habilidosa, le había hecho una capita con capucha, de vivo color rojo, que siempre llevaba puesta la niña. Por ello, no había en toda la comarca una sola persona, niño, mujer u hombre, que no la conociera por el nombre pintoresco de Caperucita Roja.

Caperucita Roja era una niña obediente y muy buena, que nunca daba un disgusto a su mamá. Cumplía con sus obligaciones de ayudarla en las tareas domésticas, y por cierto lo hacía con gusto y tan bien como podía hacerlo una pequeña de su edad.

Un día en que Caperucita estaba jugando en el jardín, su mamá la llamó y le dijo:

—Caperucita, me ha mandado a decir tu abuelita que está enferma. La pobrecilla está en cama, y como tú sabes, vive sola, por lo que me ha pedido que le envíe algunas provisiones. De manera que voy a pedirte un favor. Yo voy a prepararle algunas cosas, y tú se las llevarás en seguida.

Caperucita Roja aceptó encantada. Quería mucho a su abuelita y aunque la apenó la noticia de su enfermedad, pensó con gusto que tendría oportunidad de serle útil. De manera que ayudó a su mamá a preparar las provisiones. Entre las dos hicieron una rica torta de frutillas, y luego la mamá acomodó los alimentos en un cesto: un queso fresco, un tarro de miel, una botella de vino dulce, y la exquisita torta casera.

Cuando Caperucita se disponía a partir, sujetándose bajo la barbilla la linda caperuza roja, la mamá le alcanzó el cesto y le dijo:

—Ya sabes, Caperucita, que para llegar a la casa de abuelita, debes atravesar todo el bosque. No te entretengas en el camino, porque el lobo merodea por esos lugares. Hazme caso, y sigue el camino sin detenerte para nada.

—Así lo haré, mamá —prometió Caperucita.

Dió un beso a su madre, y con el cestito bajo el brazo, partió hacia la casa de su abuelita.

Era un hermoso día de primavera, y todo en el bosque parecía vestido de fiesta. Los árboles estaban cubiertos de hermoso follaje en todos los tonos de verde, los pájaros de brillantes colores cantaban alegremente en las ramas, las flores pa-

recían hermosos bordados entre el pasto de terciopelo, y hasta las ardillas parecían más vivaces que nunca.

—¡Qué flores tan preciosas! —pensó la niña—. Juntaré algunas y haré un ramo para abuelita.

Yo sé que le gustan mucho, y sin duda la alegrarán.

Se puso, pues, a juntar flores silvestres, rojas, azules, amarillas. Pero no se dió cuenta de que esto la demoraba, que se estaba entreteniendo en el camino, y que de esta manera olvidaba la promesa que había hecho a su mamá. Cuando quiso acordarse, ya era tarde, porque por encima de unos arbustos, vió asomar las largas orejas puntiagudas del lobo.

—Buenos días, querida Caperucita —dijo el astuto lobo con mucha zalamería—. ¿Qué haces por aquí y por qué te has detenido tanto tiempo en el bosque?

La niña, al oírlo hablar tan suavemente, perdió el miedo.

—Voy a casa de mi abuelita, que está enferma, y le llevo algunas provisiones. Además, quise llevarle también algunas flores del bosque.

El lobo pensó que sería muy fácil comerse a Caperucita en aquel momento mismo. Pero como era muy taimado, planeó algo mejor.

—Eres una niña muy buena —le dijo—. Me imagino que tu abuelita debe quererte mucho y que esperará con gusto tu visita. Siento dejarte, pero tengo mucho que hacer. Hasta siempre, Caperucita.

Y así se despidió de la niña. Conocía bien el bosque y tomando por un atajo que acortaba mucho el camino, llegó antes que la pequeña a la casa de la abuelita. Se acercó a la puerta, y llamó suavemente.

—¿Quién es? —preguntó la anciana desde adentro.

—Soy yo, abuelita —respondió el lobo con voz fingida—. Tu nieta Caperucita.

—La puerta está abierta, Caperucita. Levanta el picaporte y entra.

Así fué como el lobo entró sin inconveniente alguno en la casa de la abuelita. Cuando la anciana señora vió quién era en realidad su visitante, abrió tamaños ojos. Pero al mismo tiempo, el lobo abrió tamaña boca, y sin el menor respeto, se la tragó enterita.

Después, no perdió el tiempo. Se puso un camisón y una cofia de encajes que halló en una cómoda, se colocó sobre el hocico los lentes de la abuela, y de un salto, muy orondo se metió en la cama. De manera que cuando la niña llamó a la puerta, ya estaba él preparado para recibirla.

—¿Quién es? —preguntó con fingida inocencia.

—Soy yo, abuelita —respondió Caperucita desde afuera—. Tu nieta Caperucita.

—La puerta está abierta. Levanta el picaporte y entra.

Caperucita así lo hizo y un momento después estaba en el saloncito de la casa de su abuela. Dejó el cestito que ya le pesaba y entró al dormitorio con su hermoso ramo de flores silvestres en la mano.

Acomodó las flores en un jarrón sobre la mesa de luz, y arrimando una silla junto al lecho de la abuela, se sentó disponiéndose a conversar un rato con la anciana. Pero al cabo de unos momentos, Caperucita, que la observaba atentamente, dijo con aire extrañado:

—Abuelita, ¡qué ojos tan grandes tienes!

—Es para verte mejor —respondió el lobo con toda tranquilidad.

Y al rato dijo la niña:

—Abuelita, ¡qué orejas tan grandes tienes!

—Es para oírte mejor —respondió el lobo, arreglando la cofia indiscreta que se había corrido un poco dejando la oreja al descubierto.

Pero Caperucita no dejaba de extrañarse. Y no pasó mucho rato antes de que volviera a exclamar sin disimular su asombro:

—Pero, abuelita, ¡qué manos tan grandes tienes!

Esta vez, el lobo vió su oportunidad.

—Querida niña —le dijo sonriendo—, es para agarrarte mejor.

Y al decir esto, tomó a Caperucita de la mano. Pero su sonrisa no era nada agradable. Y la pequeña lo miró otra vez extrañada y dijo:

—Abuelita, ¡qué dientes tan grandes tienes!

—¡Es para comerte mejor! —exclamó el lobo.

Y se la tragó enterita, sin ponerle azúcar ni sal. Claro está que estas cosas sólo ocurren en los cuentos como éste que estamos contando; pero todavía falta lo mejor.

Sucedió que pasaba por allí en esos momentos un valiente cazador, amigo de la abuelita, que entró a saludarla. Y llegó justamente cuando el señor lobo se disponía a disparar sin ninguna ceremonia. Ni corto ni perezoso, el cazador apuntó al lobo y lo mató. Después, le abrió la abultada panza, y Caperucita y su abuela salieron tranquilamente, porque ya dijimos que el lobo las había tragado enteras. Las dos se abrazaron contentísimas y abrazaron también al amigo cazador, a quien dieron las gracias y convidaron con la torta de frutillas.

Desde entonces, Caperucita no se distrajo nunca más en el camino y obedeció siempre a su mamá.

FEDERICO Y CATALINA

HABÍA una vez dos jóvenes llamados Federico y Catalina. Se enamoraron y se casaron. Se querían y se llevaban muy bien, pero Catalina era una muchacha tan simple y solía hacer tantas tonterías, que su marido debía vigilar continuamente su conducta. Un día dijo a su joven esposa:

—Catalina, debo salir a trabajar al campo. Regresaré tarde, y espero que tengas preparada la cena cuando vuelva.

Así lo prometió su mujer, y Federico, con la azada al hombro, partió alegremente.

Cuando empezó a caer la tarde, Catalina se dispuso a hacer la cena. Tomó un hermoso trozo de carne, que era todo cuanto tenía en la casa, y lo puso al fuego. De tanto en tanto la daba vueltas para que se cocinara bien, y sonreía pensando en la satisfacción que tendría su marido al comerla. Pero de pronto la asaltó un pensamiento:

—Mientras la carne termina de asarse, iré al sótano a buscar cerveza. Así ganaré tiempo, y cuando Federico vuelva, estará todo listo en la mesa.

Tomó una jarra y bajó al sótano, donde, en un tonel, guardaban la cerveza. Colocó la jarra en el suelo junto a la barrica, abrió la espita, y la espumosa cerveza empezó a llenar la jarra. De pronto, Catalina dió un respingo:

—¡Qué horror! —gritó—. He dejado la carne asándose y si entra el perro, puede llevársela. ¡Qué diría, entonces, mi marido!

Llena de temor, corrió escaleras arriba y halló que, efectivamente, el perro huía ya a todo correr, llevándose el trozo de carne entre los dientes. Catalina no pudo alcanzarlo. Desolada y sin poder hacer nada por su comida, volvió al sótano. Algo peor la esperaba. Había salido con tanta premura, que olvidó cerrar la espita: la cerveza desbordaba la jarra, corría por el piso, y el tonel estaba vacío.

—Hay que arreglar esto en seguida, porque si no, Federico se pondrá furioso. Ahora recuerdo que hay aquí harina que él compró hace poco. La desparramaré por el suelo para que se seque la cerveza.

Así lo hizo. Tomó la bolsa de fina harina que su marido había comprado a buen precio, y la echó en el suelo para que absorbiera la cerveza. Al hacerlo, volcó la jarra y ya no le quedó nada para beber, pero ella estaba tan contenta que no le dió importancia.

—Mi marido dirá que no hay otra tan lista como yo —dijo riendo.

Muy satisfecha con este pensamiento, subió a esperarlo, con la mesa puesta y sin comida.

Cuando por la noche llegó el marido, cansado

y hambriento, preguntando por su cena, Catalina suspiró y le hizo el relato punto por punto: desde la huída del perro hasta la harina desparramada. Federico se agarró la cabeza con las manos.

—¿De modo —dijo— que has perdido la carne, has volcado la cerveza, y has estropeado la harina? ¿No podías hacer otra cosa?

—Pero Federico —protestó su mujer—, si hice mal tú tienes la culpa. Debiste decirme antes lo que debía hacer.

El marido trató de serenarse. Después de todo, su mujer era casi una niña, y él debía enseñarle a proceder. De manera que a los pocos días, recordando lo que había pasado, decidió ser siempre muy prudente. Y para comenzar, puso en un bolsito unas monedas de oro que acababa de ganar con su trabajo y le dijo a Catalina:

—He guardado aquí unos botones amarillos. Voy a enterrar este bolso en el jardín para que no se pierda. No te acerques nunca a ese lugar ni se te ocurra sacarlo de allí.

Catalina se lo prometió así. Y sucedió que poco después, estando Federico ausente, pasaron por la casa dos pillos que vendían cacerolas, y ofrecieron a Catalina su mercancía. Ella contestó entonces que no podía comprar nada, porque su marido no le dejaba nunca dinero.

—Todo cuanto tengo —dijo— son unos botones dorados que él enterró allá.

Los pícaros quisieron ver de qué se trataba. Catalina les indicó el lugar, con mucho cuidado de no acercarse, como lo había prometido, y cuando vieron que eran monedas de oro, guardaron el bolso para sí y partieron dejándole en cambio sus ollas y cacerolas. Cuando por la tarde volvió Federico, ella se las mostró encantada. Pero Federico quiso saber cómo las había pagado y ella hizo todo el relato, cuidando de destacar bien que ella no se había acercado para nada al lugar ni había desenterrado los botones. El pobre marido no pudo hacer otra cosa más que tirarse de los cabellos.

—Si procedí mal, tú tienes la culpa. Debiste decírmelo antes. Vayamos tras los ladrones.

Esta vez le pareció a Federico que su mujer decía algo razonable, y se dispusieron a correr tras los pillos. Quizás estarían mucho tiempo ausentes, así es que Federico encargó a su mujer que llevara pan, manteca y queso para comer por el camino. El marido caminaba más ligero, y pronto Catalina fué quedando atrás.

—Es lo mismo —reflexionó la joven—. Cuando volvamos, yo estaré más cerca de casa y llegaré más pronto.

Habían andado mucho cuando llegaron al pie de una colina. Empezaron a subir, y el sendero era tan estrecho, que Catalina advirtió que los árboles de la orilla tenían trozos del tronco arrancados por los carros que pasaban. Le dió pena y para curarlos, llenó de manteca los huecos de los árboles heridos. Así pensó ella que no los lastimarían más. De esta forma gastó toda la manteca, y ocupada en esta tarea, uno de los quesos que llevaba escapó de su bolsillo y rodó colina abajo. No pudo recuperarlo, y entonces sintió pena por el otro queso que iba a quedar tan solo. De modo que, deseando que fuera a encontrarse con su compañero, lo envió camino abajo por el sendero. Muy satisfecha con su buena acción, siguió cantando detrás de su marido.

Poco después, Federico sintió hambre, y pidió a su mujer que le diera algo para comer. Ella sacó de la bolsa un trozo de pan y se lo dió. Cuando Federico terminó de comerlo, reclamó algo más.

—Dame queso y manteca —dijo.

Cuando su mujer le explicó lo que había hecho con la manteca y el queso, Federico creyó que se moría. ¿Era posible que Catalina fuera tan tonta? La reprendió duramente y ella respondió:

—Yo no tengo la culpa, Federico. Debiste decírmelo antes.

Él trató de calmarse, y de pronto, un pensamiento lo asaltó. Preguntó a su mujer si al salir de la casa había cerrado la puerta, y ella contestó que no, puesto que él nada le había dicho. Federico le ordenó entonces que volviera a buscar más provisiones, y que de paso asegurara la puerta. Obedeció la joven, y volvió a la casa, donde las únicas provisiones que quedaban eran nueces y vinagre. Queriendo hacer algo que agradara a su marido, al salir pensó: "El me dijo que asegurara la puerta. En ninguna parte estará más segura que con nosotros. De modo que me la llevo". Quitó las bisagras, cargó la puerta al hombro y volvió junto a Federico.

Cuando Federico la vió cargada con aquel peso, puso el grito en el cielo. No solamente había dejado ahora la casa abierta, sino que aquel estorbo les molestaría en el camino. Y muy enojado, dijo:

—¡Puesto que has sido tan tonta, ahora cargarás tú con la puerta!

—Está bien —repuso Catalina—. Pero no sería justo que llevara también yo las nueces y el vinagre, de modo que te ruego que ates las dos cosas a la puerta, y así será ella quien las lleve.

De tal manera, cargó la simple Catalina con

que les robaran las monedas se disponían a encender el fuego para pasar allí la noche.

—Catalina —dijo Federico muy bajito—, no hagas ruido. Yo bajaré despacito por el otro lado del tronco a recoger algunas piedras.

Así lo hizo, y vuelto otra vez a acomodarse en el árbol, arrojó las piedrecillas contra los ladrones. Oyeron entonces que uno decía al otro:

—Se ha levantado una brisa muy molesta. El viento hacer caer las piñas de los árboles. Debe estar amaneciendo, y ya pronto tendremos luz.

Catalina, que hasta entonces había permanecido quieta, empezó a sentirse molesta bajo el peso de la puerta, y se quejó a su marido:

—Por favor, Federico, saca las nueces de aquí, porque me están pesando mucho y yo ya estoy muy cansada. La puerta no las sabe sostener.

Federico, haciendo un esfuerzo por no echarse a reír, desató las nueces y comenzó a arrojarlas con fuerza a la cabeza de los bandidos, quienes se pusieron a gritar desesperadamente a tiempo que se cubrían con las manos:

—¡Está granizando! ¡Está granizando!

Al cabo de un rato, y como Federico ya no tiraba más nueces, se calmaron y volvieron a sentarse junto al fuego. Pero poco después advirtió Catalina que todavía sentía demasiado peso, y propuso a su marido deshacerse del vinagre que llevaban. Lo arrojaron entonces desde lo alto del árbol y los bandidos exclamaron:

—Nunca habíamos sentido un rocío más violento que el que cae en este bosque al amanecer.

Cuando terminó la lluvia de vinagre, los dos hombres se dispusieron a dormir. Pero fué precisamente en este momento cuando Catalina advirtió que el peso que ella sentía con mayor fuerza, era el de la puerta.

—Federico —murmuró—, lo que más me molesta es la puerta. Arrójala al suelo de una vez.

Federico no quería, por temor a que los bandidos los descubrieran. Pero no hubo manera de convencer a su mujer.

—Si tú no quieres —exclamó Catalina—, yo lo haré. ¡Ahí va!

Y ella misma arrojó la pesada puerta sobre los dos ladrones, quienes al sentir que les caía encima aquello, con toda la fuerza de que Catalina era capaz, huyeron enloquecidos de ese bosque encantado, pidiendo socorro a gritos. En la huída abandonaron las monedas de oro que habían robado, de manera que cuando Federico y Catalina bajaron del árbol hallaron su pequeño tesoro y pudieron volver con toda felicidad al hogar.

la puerta, las nueces y el vinagre. Federico la dejó hacer sin decir una palabra, pensando que algún día su mujer cambiaría. Siguieron caminando, caminando, hasta que se hizo de noche. Entonces buscaron un refugio, pero allí cerca no vieron casa ni choza alguna. Se internaron en un bosquecillo y decidieron esperar la llegada del día subidos en un árbol.

No había pasado mucho tiempo, y aún no se habían dormido, cuando de pronto sintieron ruido de voces a sus pies. Miraron cautelosamente, y vieron con gran sorpresa, que los dos bandidos

EL SASTRECILLO VALIENTE

HABÍA una vez un sastrecillo que trabajaba afanosamente en su taller. Se sentía feliz y silbaba con alegría mientras daba puntada tras puntada. En eso estaba cuando oyó pasar por la calle una mujer que vendía golosinas, y se quedó con la aguja en el aire, pensando que lo único que verdaderamente deseaba en ese momento era comer una rebanada de pan untada con alguno de los dulces que ofrecía la vendedora. Se asomó a la calle, y le compró un pote chiquitito.

Volvió al taller, puso una porción de dulce sobre una rebanada de pan, la dejó sobre la mesa y siguió cosiendo mientras pensaba en el banquete que se iba a dar.

Pero sucedió que, atraídas por el dulce, un enjambre de moscas se puso a revolotear por encima del pan. Fueron tan osadas como para posarse sobre el mismo dulce, y eso ya no lo pudo soportar el sastrecillo. Tomó un trozo de género y comenzó a perseguirlas por todo el taller. Al cabo de unos momentos no quedaba ni una sola, y lo que es más aún, de un solo manotón dejó siete moscas tendidas en el campo de batalla.

Tan orgulloso se sintió entonces de su hazaña, que bordó con grandes letras una banda de género, donde decía: "Yo maté a siete de un golpe", se la colocó sobre el pecho, y se lanzó a recorrer el mundo, llevándose en el bolsillo un pedazo de queso, y en la mano un pajarillo como compañero de viaje.

Mucho había andado nuestro sastrecillo, cuando un día se encontró con un gigante. Al principio se asustó un poco, pero luego se puso a conversar con él. La verdad es que el gigante, que en un comienzo pensó en devorarlo, se sintió cohibido al ver el letrero que cubría su pecho, donde decía que él solo había matado a siete de un golpe. Se interesó entonces por saber cómo había sido eso. Y el sastrecillo, muy orgulloso, confirmó que así era: ¡siete de un golpe! Ni más ni menos.

—Realmente, eres muy fuerte —admitió el gigante—. La verdad es que me gustaría probar fuerzas contigo. ¿Estás dispuesto?

El sastrecillo se arrepintió de haberse dado tanto tono, pero ya no podía retroceder sin pasar por mentiroso o por cobarde, y tuvo que acceder a someterse a la prueba que el gigante proponía.

—Por muy fuerte que seas —dijo el gigante—

estoy seguro de que no podrás hacer esto nunca.

Y uniendo la acción a la palabra, recogió una piedra del camino, y con una sola mano la apretó hasta deshacerla por completo. El sastrecillo, cauteloso, trató de no mostrarse demasiado sorprendido. Y haciendo un gesto desdeñoso, aseguró que para él no era problema realizar semejante cosa.

El gigante lo miró, contempló sus manos tan pequeñas, y sonrió incrédulo. Entonces el sastrecillo hizo como que se inclinaba a recoger una piedra y disimuladamente, sacó el trozo de queso que guardaba en el bolsillo. Se colocó un poco alejado del gigante, levantó la mano, y ante el asombro sin límites de éste, oprimió el queso y lo deshizo por completo.

—Está bien —dijo el gigante—. Veo que lo has hecho. Y aunque confieso que no creía que lo harías, sé hacer algo más en que no me podrás igualar. ¡Mira!

Volvió a recoger una piedra del camino, pero en lugar de apretarla hasta deshacerla, la arrojó hacia lo alto. La piedra subió tanto que se perdió entre las nubes, y al cabo de un rato, cayó al suelo.

El sastrecillo, igual que antes, no demostró el menor asombro, aunque en realidad la prueba realizada por el gigante era como para dejar pasmado a cualquiera. Pero él ya tenía pensado lo que debía hacer.

—Pues mírame a mí —dijo.

Sacó disimuladamente el pájaro que llevaba con él, y lo lanzó al aire. El pájaro echó a volar, y fué inútil que esperaran su regreso.

—No —dijo el sastrecillo, con el pecho hinchado—. Las piedras que yo arrojo van tan alto, tan alto, que no vuelven más.

El gigante ya no sentía admiración por él, sino francamente envidia. Aquel hombrecillo era realmente asombroso. Entonces lo invitó a que lo acompañara a su castillo, donde se reuniría con otros gigantes amigos. El pequeño sastre aceptó.

Al atravesar un bosque, camino del castillo, el gigante le pidió que lo ayudara a llevar un tronco para hacer fuego en su chimenea. El sastrecillo dijo que con todo gusto lo haría así, y que él se encargaría de sostener la parte posterior. El gigante cargó sobre el hombro un frondoso árbol e inició otra vez el camino. Ni por un momento pensó el sastrecillo en ayudarlo, sino que con toda tranquilidad se sentó encima del tronco y se dejó llevar cómodamente por el gigante. Y así fué que mientras el hombrón tuvo que pedir permiso para descansar, el sastre estaba fresco como una lechuga, con gran sorpresa y admiración de su amigo.

Por fin llegaron al castillo, donde ya los esperaban seis gigantes tan grandes como el primero. Comieron suculentamente, y luego se fueron a dormir. Pero el sastrecillo que se sentía muy incómodo en el enorme lecho que le dieron, y harto de no poder dormir, se metió bajo la cama. Desde allí vió a medianoche entrar al gigante, que dando un terrible golpe de maza sobre la almohada, dijo:

—¡Ya no me fastidiarás más, pequeño!

De tal manera, al día siguiente, cuando los gigantes vieron aparecer tan tranquilo al sastrecillo, creyeron que era un fantasma y huyeron despavoridos a todo correr.

El sastrecillo prosiguió su camino y llegó a una ciudad donde despertó la curiosidad de todo el mundo con el letrero que cubría su pecho. Y hasta el rey llegó la voz de que un valiente, que había "matado a siete de un golpe", estaba en la ciudad. Entonces lo hizo comparecer ante él, le explicó que dos gigantes desalmados, que vivían en el bosque, tenían atemorizado a su pueblo, y le ordenó que fuera a matarlos.

Más muerto que vivo se dispuso el sastre a cumplir la orden. En medio de la selva había una caverna, a cuya entrada halló a los dos gigantes, profundamente dormidos. El sastrecillo tiró una piedra a la cabeza de uno de ellos, que despertó sobresaltado, y protestó violentamente contra su compañero. El otro se ofendió por la injusta acusación. Furiosos, los dos gigantes se fueron a las manos, y tan atroz fué la pelea, que quedaron los dos muertos en el campo de batalla. Entonces el sastrecillo corrió a la ciudad a comunicar que ya había matado a los dos enemigos, y cuando los soldados del rey llegaron al bosque, pudieron comprobar que cuanto decía era verdad.

El rey sintió adoración por aquel héroe, y le ofreció la mitad de su reino y la mano de su hija si mataba a un rinoceronte que asolaba a la región. Muerto de miedo aceptó el sastrecillo y otra vez se encaminó al bosque. No había andado mucho, cuando un ruido le hizo volver la cabeza y vió avanzar hacia él a la enorme bestia. Corrió a todo lo que le daban sus piernas, y de pronto notó cerrado el paso por un árbol gigantesco. Apenas tuvo tiempo de dar un salto a un costado, y casi en seguida vió que el rinoceronte se estrellaba contra el tronco, donde su cuerno se hundió profundamente. Entonces el sastrecillo lo ató al árbol con una cuerda, y allí lo hallaron los soldados cuando él volvió triunfante a buscarlos. Llevaron el tronco con el enemigo vencido a la ciudad, y el sastrecillo fué aclamado por todos.

Poco tiempo después se casó con la princesa, y juntos reinaron muchos años.

HANSEL Y GRETEL

VIVÍA hace mucho tiempo en una casita junto a un bosque, un pobre leñador con su mujer y dos hijos. Los tiempos eran malos, el trabajo rendía muy poco, y. el buen hombre apenas si contaba con medios para mantener a su familia. Llegó un momento en que nada tenían para comer. Una noche, después de mandar a los niños a la cama, el leñador y su mujer —su segunda esposa—, se sentaron a conversar junto a la mesa vacía.

El leñador trató de hacer algunos cálculos para los días venideros, pero por más que se devanaba los sesos, sus cuentas terminaban siempre en cero. Fué entonces cuando su mujer dijo:

—Es inútil que lo pienses tanto. Somos muchos en la casa, y tú no puedes con todos.

—Es verdad, pero Hansel es muy pequeño todavía para ayudarme —replicó el hombre.

Pero la mujer, que era egoísta y de malos sentimientos, tenía un plan. Y aseguró que lo único que podían hacer era deshacerse de los dos pequeños, Hansel y Gretel, abandonándolos en el bosque. Espantóse el pobre hombre, pero al cabo de un rato, vencido por la desesperación y pensando que alguien recogería a los pequeños, aceptó la idea.

Sucedió que Hansel, que no había dormido, oyó toda la conversación. Despertó con mucho cuidado a su hermanita, y le contó lo que había escuchado. Gretel se puso a llorar, pero Hansel la consoló diciéndole que él tenía la solución. Salió despacito afuera, y recogió muchas piedrecitas blancas que metió en su bolsillo.

Al día siguiente, el leñador fué con ellos al bosque, y como de costumbre, los dejó solos mientras él trabajaba. Pero al atardecer no volvió a buscarlos, y cuando cayó la noche, los niños se encontraron abandonados en el bosque. Apenas salió la luna, Hansel tomó a Gretel de la mano, y siguiendo el reguero de las piedrecillas blancas que dejara caer por la mañana cuando iban hacia el bosque, pudo hallar el camino de la casa.

El padre los abrazó con gran alegría, pero la madrastra, disgustada, no abandonó su idea. Al día siguiente volverían a repetir la prueba y para que Hansel no juntara piedrecillas, cerró esa noche la puerta con llave.

Al otro día, cuando partieron hacia el bosque, entregó un pequeño pan a cada uno de los niños.

Entonces Hansel fué arrojando por el sendero las migas de su pan, con la esperanza de encontrar así el camino de regreso. Otra vez dejó el leñador solos a los niños, y no volvió a buscarlos. Cuando advirtieron los chicos que el sol se había puesto y que la noche caía sobre el bosque, trataron de hallar el camino buscando las migas de pan. Pero sucedió que los pajaritos habían devorado una a una las migas de pan que arrojaran por la mañana, y con mucha pena se encontraron con que no quedaba ni una sola de las marcas para indicarles el camino de regreso. Esta vez estaban decididamente abandonados y sin medios para volver a la casa de sus padres.

La pequeña Gretel se puso a llorar desesperadamente, y aunque su hermanito trató de consolarla, él también empezó a tener miedo. ¿Qué podían hacer los dos solos, perdidos en la noche, en el inmenso bosque? Intentaron salir, y tras mucho rato de dar vueltas sin poder hallar el camino, se sintieron vencidos por el cansancio. Encendieron fuego para calentarse, y pronto quedaron dormidos bajo un árbol.

Los despertó el primer rayo de sol y el canto alegre de los pájaros. La luz del día los reconfortó y les dió ánimos. Ya no parecía el bosque tan terrible como durante la noche y posiblemente les sería ahora más fácil hallar el sendero de regreso. Volvieron entonces a iniciar la búsqueda del camino, pero otra vez sin resultado. Así pasaron tres días y tres noches, alimentándose con las frutas silvestres y durmiendo bajo los árboles. El bosque les era ya familiar y no tenían miedo. Por fin, en un atardecer, llegaron al extremo opuesto de la selva, donde en un amplio espacio abierto, vieron una casita.

Los dos niños dieron un grito de alegría y corrieron hacia allá, para pedir refugio en ella. Pero al acercarse más, vieron que la casita era realmente maravillosa: las paredes estaban hechas de turrón, el techo de láminas de chocolate, las puertas y ventanas de transparente caramelo. Y como ambos tenían hambre y además eran golosos, empezaron a sacar pedacitos para comer. Estaban en lo mejor de su banquete cuando se abrió la puerta y una vieja horrible apareció en el umbral. Al principio, los niños se asustaron mucho y con voz entrecortada le pidieron disculpas por lo que estaban haciendo con su casa. Pero la mujer son-

rió, y muy amablemente, los invitó a entrar.

No sospecharon ni por un momento lo que allí les esperaba. Porque una vez que estuvieron adentro, cambió la anciana sus modales, que ya no fueron como antes, amables y cariñosos, sino bruscos y autoritarios. Lo que pasaba, era que los chicos habían caído en la casa de una vieja bruja que tenía la mala costumbre de comerse a los niños. La malvada anciana encerró a Hansel en una habitación y envió a Gretel a trabajar, para que la ayudara en los quehaceres de la casa.

Así empezaron unos días terribles para Hansel y Gretel. La pequeña niña tenía que cumplir infinidad de tareas en la casa y no tenía descanso. Cada día estaba más delgadita. En cambio, todos los mimos eran para Hansel. La vieja bruja lo cuidaba y alimentaba muy bien, porque no tenía otra pretensión que comérselo cuando estuviera a punto.

Para saber si engordaba lo suficiente, todos los días le pedía que le mostrara un dedo por una rejilla de la puerta. Pero Hansel era un niño despierto; comprendió en seguida cuál era su intención, y aprovechando que la anciana tenía los ojos muy cansados y no veía bien, en lugar de mostrarle su dedo, le mostraba un huesito de pollo. Por supuesto, la bruja se retiraba siempre descontenta. Así ganó algún tiempo el pequeño.

Hasta que por fin un día, cansada la vieja de tan larga espera, decidió proceder de cualquier manera. Llamó a Gretel a gritos, y le ordenó que encendiera el horno de inmediato.

—En cuanto esté listo, me avisas —le dijo.

La niña obedeció, pero presintiendo para qué era el fuego, puso muy poca leña. La bruja se enojó mucho y para mostrarle cómo debía hacer su trabajo, se puso ella misma a la tarea. Echó grandes brazadas de leña para avivar el fuego, y ése fué el momento que aprovechó Gretel. Porque cuando la vieja malvada se inclinó frente al horno y metió por él la cabeza, Gretel le dió un empujón y la encerró dentro. Así se acabó para siempre la bruja del bosque.

Corrió entonces la niña a poner en libertad a su hermanito. Descorrió los cerrojos, y los dos chicos se abrazaron alborozados. Como tenían hambre, comieron algunas cosas de la casita, y luego revisaron las habitaciones. Encontraron así que la casita de dulce estaba llena de riquezas robadas por la bruja a los caminantes.

Pensando en su padre, que vivía tan pobremente y con tanto trabajo, juntaron cuanto pudieron, y guiados por los pájaros, atravesaron el bosque hasta llegar nuevamente a su hogar. El padre se sintió muy feliz al verlos y los abrazó con mucho cariño. Los niños contaron su aventura y mostraron a su padre las riquezas que traían. Desde entonces, ya no pasaron más miseria; y como la mala madrastra había muerto, los tres fueron muy felices durante muchísimos años.

EL ABETO

EN un bosque, poblado de fuertes y hermosos árboles, se levantaba un pequeño abeto. No se levantaba mucho, sin embargo, porque era más bien débil y pequeño, y sus finas ramas no alcanzaban ni mucho menos a llegar a gran altura por más que el pequeño abeto trataba afanosamente de estirarse.

A su alrededor crecían erguidos los otros abetos y muchos árboles más. Pero el que más se destacaba era un hermoso roble, de grueso tronco retorcido en el que las ardillas encontraban cómodo y amplio espacio para vivir. Además, su espeso follaje era ideal para los pájaros. Y entre el ir y venir de las inquietas ardillas y el continuo gorjeo de los pájaros, el árbol era el más feliz de aquel bosque. El pequeño abeto lo envidiaba.

En el roble vivía también una vieja lechuza, que conocía al abeto desde que no era más que un pequeño tallito que se erguía ufano sobre la tierra, y tenía por él gran cariño. Por eso trataba de ayudarlo, y cuando una nueva bandada de pájaros llegó a instalarse en el roble, la vieja lechuza les aconsejó acomodarse en el abeto. Los pájaros se echaron a reír.

—¿Ir a vivir allí? ¡Estás loca! Es un árbol muy pequeño y sus ramas son muy débiles.

Al cabo de un tiempo, apareció una familia de conejos. Y dispuesta a cavar su cueva, se arrimó al roble. La vieja lechuza intervino otra vez.

—Hay aquí demasiada gente —dijo a los conejos—. Sé de un lugar donde podréis vivir muy bien. Allí, debajo de aquel abeto.

Los conejos lanzaron una carcajada burlona.

—¿Bajo ese arbolito tan pequeño? Lo derribaremos en cuanto empecemos a cavar, porque sus raíces son muy débiles.

Y entre burlas y risas, saltaron junto al pequeño abeto y se marcharon. El arbolito se sintió muy desdichado, y con toda su alma, deseó ser un árbol tan grande y tan fuerte como aquel roble, su vecino, que era tan útil para todos. La lechuza lo alentaba, diciéndole que ya llegaría el momento, en tanto que el pequeño abeto, en un esfuerzo desesperado, tendía sus ramas hacia lo alto.

Llegó el otoño, y vinieron los leñadores. Observaron atentamente los árboles del bosque, y señalaron los que habrían de cortarse. ¡Cómo deseó el abeto ser uno de ellos! Que lo arrancaran y lo llevaran lejos, a conocer el mundo.

Pero los leñadores, después de probar la fuerza de sus ramas, siguieron de largo.

—Es demasiado frágil —dijeron—. No serviría para nada.

El pequeño abeto, al oírlos, inclinó sus ramas llorando de pena y de dolor. Ya no le quedaba ningún consuelo. Su última esperanza estaba perdida. Pero apareció como siempre la lechuza para darle ánimos.

—Yo te aseguro que alguien te querrá —le dijo—. Espera con paciencia, y sigue elevando tus ramas hacia el cielo. Te lo digo yo, que por ser una lechuza, sé lo que digo. Espera.

Quedó más tranquilo el pequeño abeto, y se decidió a esperar. Y mientras esperaba, su tronco fué haciéndose más fuerte y más alto, sus ramas se extendieron como brazos generosos, y las hojas como agujas se multiplicaron en el árbol. Así pasó el tiempo y así llegó el otro otoño. Volvieron al bosque los leñadores, a marcar los árboles que próximamente debían cortar. El abeto, entonces, extendió orgullosamente sus ramas de agudas agujas verdes.

Pero los leñadores siguieron de largo junto a él, y cuando ya el pequeño abeto se inclinaba abatido de dolor, le gritó la lechuza:

—¡Levántate, abeto! ¡Endereza tus ramas! ¡Pronto! ¡Hazlo!

Y al decirlo, lanzó su ronco silbido que atravesó el bosque. Los leñadores se volvieron sorprendidos, y se tranquilizaron al ver que era solamente una lechuza la que así los había asustado. Pero al volverse, uno de ellos reparó en el abeto, que erguía sus ramas como brazos extendidos.

—Ese abeto... ¿No te parece que serviría? —preguntó a su compañero.

—Verdaderamente —asintió el otro—. Es el más indicado.

Y poco después, vinieron varios hombres con las hachas afiladas, sacaron el abeto, y lo llevaron, junto a otros árboles cortados, en una carreta. Sin ninguna pena abandonó el abeto el bosque donde naciera. Al fin sería útil. Su amiga, la lechuza, lo despidió con un alegre silbido. Anduvo la carreta un largo trecho, hasta que se detuvo frente a una hermosa casa. Uno de los hombres levantó el abeto, y llamó a la puerta. Cuando la mucama abrió, le dijo:

—Aquí traemos el abeto para la fiesta. Es pequeño y hermoso, como lo querían los niños.

El arbolito sintió que bajo el fino tronco, su corazón estallaba de alegría. En aquella casa lo esperaba la felicidad más grande de su vida. Un alegre corrillo de niños salió a recibirlo entre risas y gritos de alegría. Lo llevaron al salón, y allí lo metieron en un gran tiesto. Después, ayudados por una señora muy bonita, adornaron sus jóvenes ramas con luces y regalos, y en lo más alto colocaron una brillante estrella. Los niños hacieron luego una ronda y cantaron hermosas canciones a su alrededor, mientras el papá y la mamá los contemplaban felices.

—Es el árbol de Navidad más hermoso que hayan tenido nunca los niños —dijo la señora.

El arbolito deseó con toda su alma que hubieran podido oír esas palabras sus antiguos amigos del bosque. Y con gran alegría, sintió un ligero aleteo en la ventana, y vió que la lechuza se alejaba después de hacerle un saludo.

LAS DOCE PRINCESAS BAILARINAS

EN un país que estaba tan lejos, tan lejos de todos los demás que casi podríamos decir que estaba al borde del mundo, vivía un rey muy bondadoso y querido por sus súbditos. Nada hubiera turbado la tranquilidad de su vida y su felicidad, si no hubiera sido por un misterio que el viejo rey no podía descubrir.

Tenía el monarca doce hijas. Doce muchachas encantadoras, muy bonitas, pero sumamente traviesas. Estaban siempre juntas y dormían todas en el mismo cuarto. Por las noches, cuando se retiraban a su dormitorio, el mismo rey cerraba la puerta con llave después de besar a cada una. Y sin embargo, todas las mañanas, las princesas debían estrenar zapatos nuevos, porque los del día anterior estaban destrozados, como si sus dueñas no hubieran hecho otra cosa que andar y bailar durante la noche.

—¡Pero si no han podido salir! —meditaba el rey desesperado, mientras las princesitas sonreían con picardía.

El rey decidió entonces descubrir aquel secreto y publicó un bando ofreciendo una recompensa y la mano de la princesa elegida a quien hallara la solución de aquel problema. Pero, si esa persona, al cabo de tres días, fracasaba, debía pagarlo con la vida. Muchos jóvenes intentaron la aventura, y a todos les sucedió lo mismo: durante su guardia, caían vencidos por el sueño, y al despertarse veían los doce pares de zapatos destrozados sin saber porqué.

Por aquel entonces, un joven soldado que partiera hacia tierras lejanas, volvió de nuevo al país. Al atravesar un bosque, halló a una anciana cargada con un haz de leña, y compadecido, se ofreció a ayudarla. Mientras caminaban hasta la choza de la anciana, el joven, que había oído hablar del asunto de las doce princesas, manifestó que estaba dispuesto a probar suerte.

—Quiero ayudarte como tú me has ayudado a mí —respondió la anciana—. Antes de que te acuestes, una de las princesas te ofrecerá vino. No pruebes ni una gota. Después, ponte esta capa que te doy. Con ella te volverás invisible.

El soldado le dió las gracias, y caminando, caminando, llegó hasta el palacio, donde se presentó ante el rey como voluntario para la difícil prueba. Las princesas se miraron y sonrieron.

Por la noche, una de las jóvenes le ofreció una copa de vino. Él hizo como que bebía, pero dejó caer el vino sin que la princesa lo notara. Poco después, fingió dormir profundamente, con grandes ronquidos, en tanto que las doce muchachas reían divertidas.

—¡Pobrecillo! —dijeron—. ¿Por qué habrá intentado esta aventura que le va a costar la vida?

Convencidas de que el joven soldado dormía, calzaron los zapatos nuevos que les habían entregado ese día. Después, la hermana mayor batió palmas, y una de las camas se hundió dejando al descubierto una trampa con una escalera. Por ella desaparecieron, y apenas si tuvo tiempo el soldado de seguirlas. Tan apresuradamente lo hizo, que pisó el vestido de la última, quien alarmó con un grito a sus hermanas.

—No seas tonta —replicó la mayor cuando la princesa explicó lo que pasaba—. No pueden haberte pisado el vestido. Te habrás enganchado.

Al final de la escalera había un camino, y por él llegaron las doce princesas a un hermoso parque. Como el soldado tenía puesta la capa que le entregara la anciana, ninguna de las muchachas pudo verlo. Atravesaron el parque, cuyos árboles tenían hojas de plata. El soldado arrancó una ramita, que crujió, y la pequeña volvió a advertir a sus hermanas.

—No seas tonta —dijo la mayor—. Es el viento.

Siguieron caminando, y así llegaron a orillas de un lago donde las esperaban doce barcas. Subieron a ellas, y el soldado alcanzó a tomar la última barca, junto a la más joven.

—No puedo remar —se lamentó la niña—. Mi barca pesa mucho esta noche.

—No seas tonta —contestó la mayor—. ¡Deja a un lado tu pereza, y síguenos!

Al otro lado del lago, en medio de un maravilloso jardín, se levantaba un castillo. Una suave música flotaba en el aire, y al desembarcar, las doce princesas se pusieron a bailar. La música era cada vez más viva, y más y más bailaban las princesas. Hasta que por fin cayeron rendidas, con los zapatos completamente destrozados.

Entonces entraron al castillo, donde las esperaba una mesa tendida. Pero cuando la más joven quiso beber, el soldado había vaciado ya su copa. Asombrada, comunicó el misterio a sus hermanas.

—La habrás volcado —dijo la mayor.

Cerca del amanecer, volvieron otra vez a las barcas, atravesaron de nuevo el jardín, y regresaron al dormitorio. El soldado, invisible y ligero, trepó antes que ellas la escalera, y cuando las doce jóvenes llegaron, lo hallaron tan dormido como lo habían dejado.

Tres noches seguidas sucedió lo mismo, siempre con los temores de la más pequeña que sentía que algo andaba mal, y con la eterna respuesta de la mayor: "No seas tonta".

Por fin, llegó el último día de plazo. El soldado compareció ante el rey y contó todo cuanto había visto en el jardín encantado. El rey, que no salía de su asombro, hizo llamar a las doce princesas para saber si aquello era cierto. Las muchachas, que habían entrado riéndose, no supieron qué cara poner al saberse descubiertas. Pero muy pronto confesaron la verdad.

El rey felicitó al soldado, y le ofreció la mano de una de las princesas. El soldado eligió a la mayor, se casaron y fueron muy felices.

PINOCHO

JUAN Grillo caminaba ligerito por el campo, cuando lo sorprendió la noche. Buscó con la mirada un lugar donde poder pasarla al abrigo, y con gran alegría divisó a lo lejos una casa por cuya ventana se veía luz. Apuró aún más el paso, y se metió despacito por una rendija. Nuestro grillito se encontró entonces en una linda habitación, donde un simpático viejecito trabajaba alegremente un pedazo de madera, que al cabo de unos instantes, fué tomando la forma de un muñeco. No pasó mucho tiempo antes de que terminara su obra, y Gepetto, que así se llamaba el viejecito, tuvo entre sus manos un lindo muñeco, de ojitos vivarachos y nariz un poco larga.

—Me pareces muy simpático —dijo Gepetto mirándolo—. Te llamarás Pinocho y creo que serás feliz.

Dejó al muñeco, apagó la luz, y se retiró a dormir.

Juan Grillo pensó hacer lo mismo, pero se sorprendió al ver una viva luz azul que iluminaba la pieza y que el Hada Azul, la amiga de los niños, se acercaba a Pinocho. Lo tocó con su varita mágica, diciéndole que de allí en adelante podría moverse y hablar, y desapareció en el aire. Pinocho dió un salto sobre la mesa, y pocos instantes después charlaba alegremente con Juan Grillo.

Grande fué la alegría del viejecito cuando al día siguiente halló que Pinocho era como un ser viviente. Entonces le compró todos los útiles necesarios y decidió mandarlo a la escuela. Sin mucha gana partió Pinocho hacia el colegio, y en el camino halló a un Gato ciego y a una Zorra renga. Ambos pedían limosna y Pinocho se puso a conversar con ellos. Desdichadamente, el Gato y la Zorra eran dos pillos, que muy pronto convencieron a Pinocho de que ir a la escuela era una cosa sumamente aburrida, y que lo pasaría mucho mejor yendo a ver el teatro de títeres.

Pinocho dudó un momento, pero se tentó. Y al poco rato estaba sentado en el teatrito, muy divertido. Tanto, que no se conformó con mirar, sino que subió al tablado y actuó haciendo reír mucho a los espectadores. Pero cuando llegó la noche y quiso volver a su casa, el dueño del teatrito no se lo permitió. ¿Qué había pasado? Pues que el Gato y la Zorra le habían vendido a Pinocho para que trabajara con él. Tanto lloró Pinocho recordando a su buen papá que, conmo-

vido, el dueño de los títeres lo dejó partir, dándole además cinco monedas de oro, y diciéndole que obedeciera siempre a su padre.

Pinocho secó sus lágrimas, y muy feliz, tomó

el camino de su hogar. Pero otra vez tropezó con el Gato y la Zorra, que al enterarse que llevaba cinco monedas de oro, se miraron con gran picardía.

Le dijeron que cinco monedas no servían para nada y que ellos conocían un lugar, en el país de los Buhos, donde sembrando centavos brotaban árboles que daban muchas, muchas monedas. Pinocho pensó que podría conseguir mucho dinero para su papá, y partió hacia el país de los Buhos. Cuando llegó, hizo un hoyo en la tierra y sembró sus cinco monedas. Al día siguiente, ningún árbol había crecido en el lugar y cuando Pinocho removió la tierra para buscar sus monedas de oro, no halló nada.

Entonces sintió una carcajada, y levantando los ojos, vió un papagayo de brillantes colores que se reía. Por él supo Pinocho que el Gato y la Zorra le habían robado su tesoro. Otra vez lloró Pinocho desconsolado, y pensando en su padre, emprendió el regreso. Junto con él iba Juan Grillo, que no lo abandonaba nunca. Por el camino vieron venir de pronto un coche enorme tirado por burros, lleno de niños que reían alegremente.

—¿Adónde van? —preguntó Pinocho, interesadísimo.

—Al país de los Juguetes —respondieron—. Allí se pasa uno el día jugando, y no hay que ir a la escuela, ni hacer los deberes. ¡Ven, ven, con nosotros!

Pinocho, entusiasmado subió al coche. Juan Grillo lo acompañó. Llegaron por fin al dichoso país de los Juguetes, y los niños se instalaron en lindas casitas. Todos eran muy felices allí, y Pinocho, en continuo juego, no se acordaba ya de su papá. Siempre le pasaba lo mismo cuando se sentía feliz.

Entre los niños, había uno que se había hecho muy amigo de Pinocho. Y un día que Pinocho lo fué a buscar para jugar, su amiguito se negó a salir, pese a que tenía el sombrero puesto. Tanto insistió Pinocho, que por fin el niño, rojo como un tomate, se quitó el sombrero y le mostró por qué no quería acompañarlo a jugar: le habían crecido dos enormes orejas de burro. Pinocho, asustado, se acercó temblando a un espejo, y vió que a él le pasaba lo mismo: dos orejas puntiagudas crecían en su cabeza. Y para peor, por los pantaloncitos de los niños asomaba una larga cola de burro.

Lloró Pinocho y suplicó a Juan Grillo que lo sacara de allí. Quería volver junto a su papá, ir a la escuela y no ser nunca más un burro.

Juan Grillo, como de costumbre, lo ayudó en aquel apuro. Lo guió por el camino, y al cabo de mucho andar, llegaron por fin a la casita de Gepetto. Pero Gepetto no estaba.

Lo buscaron desesperadamente, y hallaron una carta donde Gepetto decía que habiendo partido en busca de Pinocho, lo había devorado una ballena. Otra vez lloró Pinocho, y rogó a Juan Grillo que lo ayudara a buscar a su papá. Caminaron juntos hasta la orilla del mar y subieron a una barca. Navegaron durante varios días, y de pronto, Pinocho vió a lo lejos una forma oscura. Parecía una isla, pero no era otra cosa que la ballena. Se acercaron a ella, y como la ballena estaba dormida con la boca abierta, se metieron silenciosamente por ella.

Todo era muy oscuro allí dentro, y Pinocho llamaba a su papá sin que nadie le contestara. Hasta que de pronto, con gran alegría, vió una lucecita.

—Grillo, esa lámpara es la de papá.

En efecto cuando llegaron adonde estaba la luz, vieron que Gepetto escribía junto a una mesa. ¡Con qué cariño abrazó a su querido Pinocho, y cuánta alegría sintió éste al estar con su papá querido! Pero no había tiempo que perder. Era preciso salir cuanto antes de la ballena.

Con mucho cuidado los guió Juan Grillo, y sin que la ballena abriese los ojos, salieron por la enorme boca, subieron a la barca, y al cabo de un tiempo, estaban otra vez reunidos en la linda casita de Gepetto.

Allí contó Pinocho a su padre todas sus aventuras, y como estaba sinceramente arrepentido, Gepetto le perdonó la travesura.

—No te dejaré nunca, papá. Iré a la escuela y seré una persona de provecho.

Y así estaban, felices y contentos, cuando otra vez, como en la noche que nació Pinocho, iluminó la salita una viva luz azul, y apareció el Hada.

Se acercó suavemente, y dijo:

—Has sido muy travieso, Pinocho. Pero tienes buen corazón. Quieres mucho a tu padre y estás muy arrepentido de haberlo afligido tanto. Por ello, y porque sé que te irás corrigiendo, he decidido convertirte en un niño verdadero de carne y hueso; y espero que llegarás a ser un hombre de porvenir.

Al decir esto, lo tocó con su varita, y el muñeco de ojos vivaces y larga nariz, quedó convertido en un niño de verdad.

Y fué un excelente hijo para Gepetto, a quien hizo muy feliz.

HANS EL AFORTUNADO

DURANTE muchos años —y si queremos decir la verdad y nada más que la verdad— durante siete años, Hans trabajó junto a su maestro en el taller. En todo ese tiempo, la conducta del muchacho fué tan excelente y aprendió tan bien su oficio, que su patrón le tomó verdadero afecto. Nunca se hubiera separado de él.

Pero Hans hacía muchos años que no veía a su madre. Un día pensó que debía hacer una visita a su hogar, y pidió a su maestro que lo dejara partir. El maestro le entregó la paga correspondiente, y conociendo los motivos, le concedió, gustoso, el permiso.

Hans ató el puñado de monedas que le entregara el maestro en un pañuelo —el bulto no era más grande que su cabeza— y lleno de contento inició el camino a su casa.

Iba por el sendero cantando y silbando, completamente feliz y haciendo miles de proyectos. Caminaba con paso vivo y seguro, impaciente por llegar cuanto antes. Pero el trayecto era mucho más largo de lo que había imaginado, y no pudo resistir mucho tiempo el andar tan ligero. El sol apretaba, y la bolsa de monedas, que colgada de un palo llevaba al hombro, comenzó a pesarle demasiado.

Varias veces se detuvo a la orilla del camino a descansar, con gran pesar de su parte, porque estas paradas alargaban la espera hasta llegar a casa de su madre.

En un momento de ésos en que descansaba junto al camino, vió venir hacia él un hombre montado a caballo. "¡Qué bien me vendría a mí tener un caballo!" —pensó— "¡y qué pronto llegaría entonces a casa!" Cuando ya el hombre estaba cerca, decidió hablarle. Explicó al jinete sus problemas, y éste, después de meditar unos instantes, dijo:

—Me parece que tienes razón. Te hace falta un caballo. Te daré el mío a cambio de la bolsa que llevas sobre el hombro. No solamente irás entonces más rápido, sino que te habrás librado de ese peso inútil.

Hans le agradeció vivamente su gentileza. Había tenido suerte de dar con una persona tan bondadosa, que no sólo le ofrecía su caballo, sino que además lo liberaba de una carga. Muy feliz, se despidió del viajero, que no tardó en desaparecer de su vista, y se dispuso a seguir el viaje sobre su nueva cabalgadura.

A él le parecía que el asunto era muy sencillo. Pero como jamás en su vida había montado ni una simple mula, no le resultaba nada fácil mantener el equilibrio sobre aquel animal tan grande, que no hacía más que moverse a un lado y a otro. Pese a todo, se sostenía, hasta que de pronto, cansado el caballo de ir al paso, inició un ligero trote, y Hans cayó violentamente al suelo. Allí quedó maltrecho y dolorido, y sin duda alguna habría perdido también el caballo si no hubiera dado la afortunada casualidad de que pasara en esos momentos un pastor que corrió tras el caballo y logró detenerlo. El pastor llevaba una vaca sujeta con una cuerda.

—Muchas gracias —le dijo Hans con voz lastimera—. Soy muy desdichado. Mi caballo no me obedece, y si sigo así acabará por romperme la cabeza.

—Ya lo veo —respondió el pastor—. Eso pasa casi siempre con los caballos. Es mejor tener una vaca. Son más tranquilas, y además, ya lo ves, te proveen de leche, manteca y queso. Yo no tengo ninguna clase de preocupaciones.

A Hans le pareció que tener una vaca debía ser una cosa maravillosa. Era mucho más sencillo y sobre todo más útil que tener un caballo. Su situación era terrible, porque ya no se atrevía a volver a montar sobre aquel caballo salvaje que lo trataba con tan pocos miramientos. Tendría que llevarlo de una cuerda, y quizá escaparía en cualquier momento... ¡Ah! Si el pastor quisiera cambiárselo por una vaca... Así se lo dijo, y el pastor, tras unos momentos de reflexión, le contestó:

—Eres un buen muchacho y me apena verte en este conflicto. Salgo perdiendo, pero te cambio mi vaca por el caballo.

Por supuesto, el pastor había visto que el caballo era un excelente animal, de un valor muy superior a su vaca. Pero Hans era simple, y convencido de que el pastor hacía un sacrificio por él, se lo agradeció vivamente:

—Si no fuera por ti no hubiera podido seguir mi camino y quién sabe cuándo hubiera vuelto a ver a mi madre.

Hicieron el cambio, y mientras el pastor se alejaba montado en el caballo, que le respondía muy bien, Hans continuó su viaje llevando la vaca atada al extremo de la cuerda. Otra vez se puso a hacer alegres proyectos, y silbaba, contento con sus pensamientos. Claro está que ahora el viaje era más lento, porque la vaca caminaba despacio, pero a Hans le confortaba el saber que iba a dar una alegría a su madre.

—Esta vaca será una ayuda para nosotros. Mi madre verá que me he convertido en un hombre de provecho y que he prosperado tanto en la vida como para comprarme esta vaca.

Así siguió, silbando y cantando, al paso tardo del pesado animal, y tan feliz como ningún otro ser en el mundo. Pero de pronto se sintió cansado y con mucha sed. No vió allí cerca ni río ni arroyo donde calmarla, y entonces pensó que podría ordeñar la vaca para beber la leche.

Llevó la vaca al borde del camino dispuesto a emprender la tarea. Pero en su vida había ordeñado una vaca y no tenía la menor idea de cómo hacerlo. Sus tareas habían sido siempre las del taller, y de la vida campesina no sabía ni remotamente nada. Se rascó la cabeza, dió vueltas y más vueltas alrededor del animal, pero no pudo resolver el problema. Entonces trató de convencerse de que el asunto no podía ser tan difícil, y que no era necesario haber aprendido para poder hacerlo. Tomada su resolución, unió la acción al pensamiento.

Pero la vaca no estaba dispuesta a dejarse ordeñar por quien evidentemente no sabía hacerlo, y sumamente indignada, le soltó un par de coces que arrojaron a Hans por tierra. Allí quedó, dolorido y lamentándose de sus desdichas, puesto que ahora veía que una vaca no era la fortuna que él había imaginado.

En medio de sus lamentaciones, pasó por allí un joven carnicero que llevaba un cerdo al mercado. Se acercó a Hans, y le ofreció su ayuda, ya que al verlo en tal estado supuso que no le iban muy bien las cosas. Hans le contó cuanto le había sucedido.

—No podía ser de otro modo —dijo el hombre riendo—. Esta vaca es muy vieja.

—Pues no sé qué haré ahora —repuso Hans—. He dado mi dinero por el caballo, mi caballo por la vaca, y la vaca no me sirve.

El mozo entonces le ofreció cambiarle su cerdo por la vaca vieja, diciéndole que siempre era más fácil manejar un animalito pequeño y que además, al matarlo, podría comer un rico jamón. Hans le dió las gracias, lo abrazó, dió saltos de alegría, y más contento que unas pascuas, aceptó el cambio de la vaca por el cerdo.

Siguió su camino, y al cabo de un tiempo se encontró con un granjero que le preguntó de dónde había sacado ese cerdo. Hans respondió que lo había obtenido de un joven carnicero a cambio de una vaca, y el hombre lo miró con profunda pena.

—¡Pobre niño! —le dijo—. Este cerdo se lo robaron ayer al juez. Si te ven con él, irás a dar

camino con el ganso. Sólo de pensar que hubiera podido ir a parar a la cárcel se le ponía carne de gallina. Ahora, con el liviano peso del ganso, marchaba alegremente. Y así llegó a una gran ciudad, donde había muchas casas y mucha gente.

Al pasar por una de las calles, vió en una esquina un afilador de cuchillos que mientras trabajaba cantaba. Casi toda la gente que pasaba, parecía, en cambio, ceñuda y preocupada, y a Hans le llamó la atención que aquel hombre pareciera tan feliz. Entonces se acercó a él.

—Veo que eres muy feliz —le dijo— puesto que no haces más que cantar. ¿A qué obedece tanta alegría?

El afilador lo miró sonriendo, y admitió que efectivamente, se consideraba un hombre perfectamente feliz.

—Debes ser muy rico —reflexionó Hans.

—Sin duda —contestó el hombre—. Todos los afiladores del mundo encuentran dinero en su bolsillo cuando meten la mano en él.

Hans se quedó pensativo al oírlo. ¡Vaya cosa buena! Meter la mano en el bolsillo y encontrar siempre dinero... El afilador le preguntó entonces:

—¿Tú no eres acaso feliz? Creo que eso que llevas bajo el brazo es algo bueno. ¿De dónde lo sacaste?

Hans le contó toda su historia, y el hombre lo felicitó. Pero Hans tuvo que admitir que nada podía hacer tan feliz a un hombre como ser afilador, y su nuevo amigo estuvo de acuerdo. Entonces el afilador le ofreció cambiarle su piedra de afilar por el ganso.

Loco de contento aceptó Hans el cambio. Así abandonó el ganso por una piedra que el afilador recogió de la calle, convencido de que era la manera de tener siempre dinero en el bolsillo.

Siguió su camino, y al rato sintió deseos de beber. Halló un arroyo de agua clara, y al inclinarse para beber, tuvo tan mala suerte que la piedra se le cayó al agua y desapareció en la corriente. Hans, que vió que la fortuna se escapaba sin remedio, trató de alcanzarla sin conseguirlo. Se quedó un instante pensativo, y luego, riendo con alborozo, exclamó:

—Sin duda cuento con la ayuda del cielo. Esa piedra hubiera sido para mí una carga durante todo el camino. Ahora me la he quitado de encima. ¿Hay alguien más afortunado que yo en todo el mundo?

Y cantando alegremente, caminó y caminó hasta llegar a los brazos de su madre.

a la cárcel. Nadie creerá que lo has cambiado por una vaca.

Hans se puso a temblar y desesperado pidió al señor que lo ayudara. El hombre le demostró gran compasión, y se ofreció a cambiarle el cerdo por un ganso que llevaba bajo el brazo. Hans aceptó, agradecido y feliz, y de esta manera continuó su

✳ BLANCANIEVES

Snow white

HACE cientos y cientos de años, un país muy lejano estaba gobernado por una pareja de reyes muy queridos por su pueblo. La reina era en extremo bondadosa, y tan bella como buena. Un día muy frío de invierno, en que la nieve caía suavemente, estaba la reina bordando junto a una ventana, cuando inadvertidamente se pinchó un dedo con la aguja. Una gota roja de sangre apareció al punto.

—¡Oh! —exclamó la dama—. Siempre he soñado con tener una hija. Si el cielo me la diera, querría que tuviera la boca tan roja como esta sangre, los cabellos tan negros como el marco de mi ventana, y la piel tan blanca como la nieve.

No pasó mucho tiempo antes de que sus deseos se vieran cumplidos. Y la princesita que nació tenía la piel tan blanca que la llamaron Blancanieves. Desdichadamente, la reina no pudo gozar mucho tiempo de su felicidad, porque murió poco después, con gran pena de sus súbditos.

Supuso el rey que a su hijita le harían falta los cuidados de una madre, y volvió a casarse. Eligió para ello a una noble dama de extraordinaria belleza; pero tan perversa como hermosa. Y tan pagada de su belleza, que su mayor placer consistía en consultar un espejo mágico que poseía y al que preguntaba:

—Espejo, ¿quién es la mujer más bella del reino?

—Tú, mi reina, eres la más hermosa —contestaba siempre el espejo.

Pero cuando Blancanieves creció, la nueva reina tuvo un gran disgusto. Porque un día en que interrogó al espejo como de costumbre, el cristal le respondió:

—Eres hermosa, mi reina, pero Blancanieves lo es más aún.

Esto era más de lo que podía soportar aquella mujer. Y cuando una vez y otra recibió la misma respuesta, tuvo un acceso de furia y decidió que Blancanieves debía desaparecer.

Llamó entonces a su presencia a uno de los guardabosques de palacio, y le ordenó que llevara a la princesa a la selva para matarla. Como prueba de que habría de cumplir la orden, el guardabosque debía traerle su corazón.

Al día siguiente, el hombre se dispuso a cumplir su misión y partió con la niña hacia el bosque. Pero llegado el momento de poner en práctica la orden de la reina, conmovido por el llanto de la princesita, le pidió perdón y le rogó que no volviera al palacio. La niña lo prometió de buen grado.

El guardabosque, entonces, mató a un cervatillo, y llevó su corazón a la reina, quien creyendo que era el de Blancanieves, se sintió feliz.

Cuando Blancanieves se quedó sola, caminó sin rumbo por la selva, hasta que al fin uno de los senderos la llevó hasta una casita que se levantaba en el extremo del bosque. Le pareció tan acogedora, y estaba tan cansada, que sin pensarlo más, empujó la puerta y entró. Adentro, vió una mesa tendida y siete sillas a su alrededor. Pero tanto la mesa, como las sillas y los platos y los cubiertos, eran pequeñísimos. Blancanieves tenía hambre y sed; comió un poco de cada plato y bebió un poco de cada vaso. Luego, curiosa por conocer la casa, subió la escalera que llevaba al primer piso.

Arriba había un dormitorio con siete camitas. El cansancio vencía a la niña. Se dejó caer en una de las camas y se quedó dormida.

La casita pertenecía a siete enanitos que vivían allí, en el extremo del bosque, y que durante el día trabajaban en una mina. Cuando aquella noche regresaron a su vivienda, con las palas y picos al hombro, tuvieron una sorpresa desagradable. Porque pronto advirtió uno de ellos que alguien había comido en su plato y bebido en su vaso durante su ausencia. Fué un coro de gritos:

—¡En el mío también! ¡En el mío también!

Alguien había estado en la casa o estaba todavía. Con gran cautela se dirigieron entonces al dormitorio. Cuando al llegar a la última cama hallaron a Blancanieves, quedaron maravillados por su hermosura. Blancanieves se despertó, y pasado el primer momento de susto, se puso a conversar con ellos. Muy pronto se hicieron amigos y los enanitos le rogaron que se quedara a vivir allí. La niña aceptó encantada. Desde ese momento, cuidó de la casita de los enanos y preparó sus comidas. Se olvidó por completo de su madrastra y vivió feliz.

Pero sucedió que la malvada reina, después de mucho tiempo y convencida de que Blancanieves estaba muerta, volvió a consultar al espejo. Y con gran sorpresa, oyó que le decía:

—Tú eres hermosa, pero Blancanieves, que vive con los enanos del bosque, lo es más aún.

Así supo la reina que la princesita no había muerto. Decidida a hacerla desaparecer, se disfrazó de vendedora de baratijas y se dirigió a la casa de los enanos. Blancanieves estaba en la ventana. La reina le ofreció su mercadería, e insistió para que la joven se pusiera una de las peinetas. Pero apenas tocó con ella su cabeza, Blancanieves cayó al suelo. Los dientes del peine estaban envenenados.

La reina volvió feliz al palacio. Y cuando los enanitos regresaron a su casa, hallaron muerta a la niña. Se pusieron a llorar desesperados, pero uno de ellos tuvo el acierto de quitar la peineta de sus cabellos, y Blancanieves revivió. La alegría volvió a reinar en la casa, y los enanos previnieron a su amiga que tuviera mucho cuidado otra vez.

Nuevamente, cuando la reina preguntó a su espejo, supo por el cristal que la princesa estaba viva en casa de los enanos. Su furia no tuvo límites, y preparó una nueva venganza. Disfrazada de vieja, llenó una canasta de manzanas y se

Esta vez sí, cuando la malvada reina preguntó a su espejo quién era la mujer más bella del reino, el espejo contestó: "Tú, mi reina, porque Blancanieves ha muerto".

Y la reina se sintió inmensamente feliz.

Mientras tanto, los enanos colocaron a Blancanieves en su caja de cristal transparente, y entre todos la sostuvieron iniciando el camino de la montaña. Los siete enanitos lloraban sin consuelo la pérdida de su amiga.

Y sucedió que acertó a pasar por allí, montado en brioso caballo, un príncipe apuesto y gentil a quien le llamó la atención el cortejo de los enanos llevando a la hermosa joven coronada de flores. Preguntó quién era, y cuando los siete enanitos le contaron la triste historia de Blancanieves, unió sus lágrimas a las de los hombrecitos. Tanto se conmovió, que quiso acompañarlos hasta dejar la caja de cristal en la gruta de la montaña.

acercó a la casita del bosque. Blancanieves la vió desde la ventana, pero recordando el consejo de sus amigos, no quiso atenderla. La vieja insistió en que probara la más roja de las manzanas. Se tentó la niña, y apenas probó la manzana, que estaba envenenada, cayó al suelo.

Cuando los enanitos volvieron, nada pudieron hacer para reanimarla. Profundamente desesperados, y no queriendo perderla para siempre, decidieron encerrar el cuerpo de Blancanieves en una caja de cristal y llevarla a la montaña.

Pero al ascender un sendero, el primero de los enanitos tropezó con una piedra y cayó al suelo. Al hacerlo, soltó la caja, que se rompió en mil pedazos, y a consecuencia del golpe Blancanieves arrojó la manzana que la envenenaba. Poco después, abrió los ojos y sonrió a sus amiguitos. El príncipe, loco de alegría y muy enamorado de la linda princesa, se arrodilló junto a ella y besándole la mano, le pidió que fuera su esposa.

Se casaron, fueron muy felices, y la malvada reina se murió en un ataque de furor.

EL PESCADOR Y SU MUJER

UN humilde pescador vivía en compañía de su mujer en una cabaña miserable junto al mar. No contaban con muchos medios para subsistir. La pesca era escasa en el lugar, y por mucho que él se afanara, no lograba gran cosa. Pero el buen hombre trabajaba contento, y como quería mucho a su mujer, siempre tenía una palabra de cariño para ella. Por el contrario, su esposa se mostraba siempre amargada y descontenta.

Una mañana en que el pescador se sentía desalentado porque tras arrojar varias veces la red al mar, la había retirado vacía, sucedió algo maravilloso. En un momento dado, la red se puso tirante y pesada, y al sacarla, halló que un enorme pez saltaba desesperado dentro de ella. Y para mayor sorpresa, el pez habló así:

—Suéltame, buen pescador. Aunque parezco un pez, soy un príncipe encantado. ¡Devuélveme al mar!

El pescador, apenas pudo reponerse de la sorpresa que le producía el oír hablar a un pez, comprendió que de nada le serviría llevar a su casa un pescado al que no se atrevería a comer. De manera que, no queriendo hacer ningún daño a aquel pobre príncipe encantado, dió vuelta la red y lo arrojó al mar.

Cuando volvió a su casa con las manos vacías, su mujer sintió un gran enojo. Entonces él trató de calmarla contándole lo que le había sucedido, pero no hizo con ello sino aumentar su furia. La mujer le reprochó agriamente que no le hubiera pedido algo, ya que se trataba de un pez maravilloso. Y concluyó diciendo:

—Así no viviríamos en esta cabaña miserable. Podríamos pedirle una casita blanca, con jardín y huerta. Ve y pídeselo.

El pescador, no muy convencido, obedeció sin embargo porque temía a su mujer y cuando estuvo junto al mar, que se había puesto amarillo, dijo:

> Príncipe del mar,
> acércate a mí,
> mi esposa Hildegar
> pide una gracia de ti.

Apareció el pez y el pescador transmitió el deseo de su mujer. El pez le respondió que volviera a su casa, pues ya se había cumplido.

En efecto, cuando el pescador regresó halló muy feliz a su mujer frente a una casita blanca. Parecía dichosa, pero su alegría no duró mucho tiempo. A los pocos días, ya no le gustaba tanto su casita, y pensando que era muy sencillo pedir cosas al pez, insistió ante su marido para que volviera a llamarlo. Quería un castillo.

El pescador se asustó. Él no se atrevería a pedir semejante cosa. Pero su mujer insistió y él terminó por obedecer. Cuando se acercó al mar, las aguas estaban de color azul oscuro.

> Príncipe del mar,
> acércate a mí,
> mi esposa Hildegar
> pide una gracia de ti.

El pez se asomó y preguntó qué deseaba. Explicóle el pescador que ahora quería un castillo, y el pez replicó que ya lo tenía. Cuando el pescador corrió de vuelta a su casa, la halló convertida en un espléndido castillo. Y dentro de él, su mujer se paseaba llena de orgullo.

El pescador pensó que ahora sí se sentiría satisfecha, pero al poco tiempo se sintió cansada del castillo, y dijo que quería ser reina. El pescador se puso a temblar. Pero ella no lo dejó en paz hasta que lo obligó a ir en busca del pez. Cuando el pescador llegó a la playa, las aguas estaban grises y agitadas.

> Príncipe del mar,
> acércate a mí,
> mi esposa Hildegar
> pide una gracia de ti.

Apareció el pez y cuando el pescador le dijo que su mujer quería ser reina, le replicó:

—Vuélvete, que ya lo es.

Esta vez halló el pescador a su mujer en un suntuoso palacio, dando órdenes a cientos de servidores y soldados.

—Espero — le dijo el marido—, que estarás contenta ya con lo que tienes.

—Es posible... —respondió ella, desdeñosa.

Por un tiempo se sintió feliz, y ya parecía calmada su ambición, cuando un día confesó que ya estaba aburrida de ser reina, que su palacio era demasiado pequeño, y que deseaba ser emperatriz. Mucho rogó esta vez el pescador para que no lo obligara a pedirle nada al pez, pero sus ruegos fueron inútiles. Y al fin, como siempre, volvió a la orilla del mar. Las olas, de color violeta, se elevaban enfurecidas hasta el cielo.

Príncipe del mar,
acércate a mí,
mi esposa Hildegar
pide una gracia de ti.

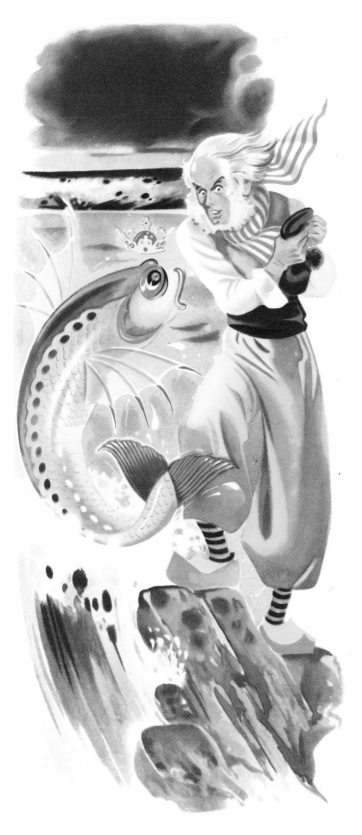

El pez tardó un rato en salir, en tanto que el pescador temblaba. Por fin apareció, y muy triste, le preguntó qué deseaba.

—Ahora quiere ser emperatriz —respondió con un murmullo el pescador.

—Pues vuélvete, que ya lo es.

Cuando el pescador volvió junto a su mujer, la halló en un palacio mucho más suntuoso que el otro. Era emperatriz, tenía una pesada corona de oro, y dominaba extensos reinos más allá de los mares. Todo cuanto ordenaba se cumplía, y sus vasallos le rendían homenaje continuamente. Pero cuanto más tenía, más deseaba, y el gesto de aburrimiento y desagrado no se borraba de su rostro.

Y un día, ya cansada de todo, dijo:

—Lo que yo quiero no es solamente mandar en la tierra. Quiero dominar al sol y a la luna. Ve y díselo al pez.

Tanto horror sintió el pescador al oírla, que se arrojó a sus pies para suplicarle que no pidiera más nada. Todo fué en vano, y aunque no lo quería, se vió obligado a obedecerla. Caminó muy lentamente hasta el mar, y al acercarse, notó que el cielo y las aguas estaban negros como la noche, y que las olas rompían con furioso estruendo contra las rocas. Con voz temblorosa, volvió como siempre a invocar al pez:

Príncipe del mar,
acércate a mí,
mi esposa Hildegar
pide una gracia de ti.

El pez se asomó al cabo de un largo rato, y preguntó qué quería ahora. El pescador tardó en responder, pero al fin, dijo temblando:

—Ahora quiere dominar el cielo, y ser dueña del sol y de la luna.

Las olas bramaron con mayor furia, y el pez, con voz sombría, respondió:

—Vuélvete, y la hallarás en su lugar.

Y al decir esto, se hundió entre las negras y espumosas aguas. El pescador, lleno de terror, permaneció unos instantes arrodillado en la arena, hasta que por fin se decidió a volver. Tenía mucho miedo, porque esperaba que algo malo traería la ambición desmedida de su mujer. No se engañaba. Cuando, ya cerca de su casa, levantó los ojos, vió que en el lugar se alzaba la misma cabaña miserable de otros tiempos. Y dentro de ella, le aguardaba su mujer, arrepentida sin remedio. Y allí vivieron desde entonces y para siempre.

EL PATITO FEO

ugly duckling

HABÍA llegado la primavera, y el buen tiempo provocaba un gran alboroto en el gallinero. Las gallinas se paseaban luciendo su pollada, los pavos charlaban continuamente y los patos se zambullían en la laguna. Todo era movimiento en el corral. Pero había en medio de ese bullicio un rincón de quietud: una pata permanecía silenciosa en su nido, empollando.

Los patitos tardaban en salir del cascarón, y la pata estaba empezando a impacientarse. Hasta que de pronto, un día feliz, empezaron a asomar las lindas cabecitas amarillas. Muy contenta se esponjó la pata, y cuando ya se preparaba para salir del nido, vió que uno de los huevos no se había roto. Un poco pesarosa, volvió a su lugar. Y cuando al cabo de algunos días le preguntaron sus vecinas si no las acompañaba a nadar en la laguna, contestó con gesto de fastidio:

—No puedo. Todavía hay uno de mis hijitos que no ha salido del huevo.

Así permaneció un tiempo, hasta que por fin la cáscara comenzó a crujir y otro patito asomó la cabeza. Cuando salió, la pata lo miró un poco sorprendida: el nuevo patito era más grande y mucho más feo que los otros. Pensó que quizás algún bromista había puesto en su nido un huevo de pavo. Pero disimulando su sorpresa, se dijo:

—Pronto lo sabré. Los llevaré a todos a la laguna, y si es pavo, no podrá nadar.

Seguida de sus patitos caminó la pata hasta la laguna, muy orgullosa del cortejo que formaban sus hijitos. El patito feo, detrás de todos, provocó los comentarios burlones de las otras aves. Cuando estuvieron junto al agua, la pata les dió su primera lección de natación. Ella se largó al agua, y los patitos la siguieron; la pata se volvió a mirarlos, y vió que el patito feo nadaba tan tranquilamente como los demás. Se convenció así de que, aunque horrible, aquel animalito era un patito y tan hijo suyo como los otros. Segura de ello, de allí en adelante se ocupó con igual cariño de todos.

Pero en el corral se miraba con burla y desconfianza al pequeño.

El patito feo sufría mucho, porque además de burlarse de él, en cuanto podían lo lastimaban a picotazos, molestándolo continuamente. Sus her-

manitos se apartaban de él, y solamente la pata lo trataba con cariño. Pero el patito feo advirtió que hasta ella se sentía avergonzada, y un día, decidió alejarse de aquel lugar. Salió a escondidas del gallinero, y caminó, caminó, hasta que llegó a un pantano. Allí encontró algunos patos silvestres que, por fortuna, lo recibieron bien. En aquel pantano pasó el patito feo su primera noche lejos del hogar.

Pasaron varios días y el patito no lo pasaba mal entre sus nuevos compañeros. Pero una mañana, la tranquilidad del pantano fué interrumpida por unos terribles estampidos. Los patitos silvestres empezaron a dar gritos, y uno de ellos que intentó levantar vuelo, cayó muerto entre los juncos. En seguida comprendió el patito feo que se trataba de una partida de caza, y muerto de miedo, se escondió en un matorral. Allí permaneció quietito hasta que sintió que las plantas se movían, y un enorme perro de caza asomó su cabezota. Pero sin duda encontró demasiado feo al patito, porque dando media vuelta, echó a correr y no volvió más.

Desde aquel momento consideró el patito que el pantano no era un lugar tranquilo para vivir, y volvió a emprender el camino.

Andando, llegó una noche a una cabaña, donde vivía una viejecita sin más compañía que una gallina y un gato. El patito entró sin hacer ruido. Pero al día siguiente lo descubrieron. La gallina y el gato se burlaron de él porque no sabía cacarear ni maullar, y después de reírse ruidosamente, decidieron entre los dos que el patito no servía para nada. A punto de llorar, el patito feo se alejó de aquella casa donde tan mal lo habían tratado.

Anduvo mucho y por muchos caminos, siempre solo y sin pedir refugio en ninguna parte. Pero el buen tiempo pasó y empezó a llegar el frío. Las noches eran largas y heladas, y el patito, recordando a veces el lejano gallinero donde estaba su mamá, lloraba en silencio. Vivía junto a un estanque y dormía entre las plantas. Pero una noche en que el frío fué más intenso, las aguas del estanque se helaron y el patito quedó aprisionado. No pudo resistir más y se desmayó.

Con las primeras luces del día, pasó por el lugar un campesino a quien le llamó la atención aquella pequeña sombra entre los hielos, y se acercó a ver qué era. Sacó al patito de su triste situación, y abrigándolo entre sus ropas, lo reanimó. Pensó que sus chicos se pondrían muy contentos con aquel animalito, y lo llevó a su casa.

Los niños, al verlo, armaron un gran alboroto.

Pero el patito era tímido, y se asustó. Se largó a volar y lo hizo con tan mala suerte, que volcó una jarra llena de leche. Su temor aumentó, y ya no hizo más que desastres, tirando una pila de platos que se rompieron en el suelo. Los niños lo perseguían, y la mujer del campesino, muy enojada lo corrió con una escoba. El patito se hundió en una barrica de manteca, volcó una bolsa de harina, y por fin logró encontrar la puerta por donde huyó.

Voló tanto como pudo, y al fin se escondió entre unos arbustos, llorando desconsoladamente. Era evidente que nadie lo quería y debía vivir solo. Anduvo así durante todo el invierno, guareciéndose entre las plantas y evitando encontrarse con nadie. Y un buen día notó el patito que el sol empezaba a calentar más, y que llegaba la primavera. Ya no sentía frío y halló placer en seguir viviendo. Movió las alas, y se sorprendió al ver cuán poco esfuerzo le costaba volar. Había crecido y podía volar muy alto.

Entusiasmado, voló mucho, hasta que de pronto se encontró sobre un hermoso jardín, con muchas flores de todos colores y frondosos árboles. En el centro del parque, había un gran lago.

—Me gustaría mucho vivir allí —pensó el patito—, pero ya sé que me recibirán mal, como en todas partes.

Sin embargo, la tentación fué demasiado fuerte, y el patito feo fué bajando hacia el lago. Cuando estuvo más cerca, vió que sobre las aguas nadaban unas hermosas aves blancas de largos cuellos.

El patito feo quedó hechizado por su belleza, y aun cuando temía que lo echaran a picotazos, se deslizó él también sobre las aguas.

En la orilla, algunos niños arrojaban migas a las aves blancas. Y de pronto uno de ellos gritó:

—¡Un cisne nuevo! ¡Hay un cisne nuevo!

El patito feo, que avanzaba sobre el agua tratando de no llamar la atención, bajó la cabeza, y con gran sorpresa, se vió reflejado en el lago: él mismo era un hermoso cisne blanco de largo cuello, como los otros que nadaban en el lago. Al crecer, había dejado de ser "el patito feo".

Los niños corrían alborozados por la orilla, echándole migas al nuevo cisne. Y él se sentía inmensamente feliz. Había dejado de ser feo, era ahora un ser bello, pero no experimentaba por eso ninguna vanidad. Mucho era lo que había sufrido, y ahora se sentía feliz por ser querido.

—Nunca más seré desdichado —se dijo a sí mismo—. Viviré dichoso en este estanque, entre mis compañeros, porque me siento tan bueno y humilde como cuando era tan solo un patito feo.

LA BELLA Y LA BESTIA

beauty and the beast

VIVÍA en un lejano país, hace ya mucho tiempo, un comerciante tan rico, que era imposible poder calcular a cuánto ascendía su fortuna. Pero no sólo su dinero constituía su fortuna: tenía además tres hijas, a cual más bella, y a las que quería por sobre todas las cosas.

De las tres jóvenes, la menor era la más hermosa, por lo que todos la conocían con el nombre de Bella. Su bondad era tan grande como su belleza, y era tan generosa, que cuantos la trataban la querían. No sucedía lo mismo con sus hermanas, que no caían a nadie en gracia por su orgullo y altanería. Quizá por eso, sus hermanas envidiaban a Bella y no la querían mucho.

Llegaron tiempos malos, y un revés de fortuna dejó al rico comerciante sin un centavo. Cuando supo que nada quedaba de sus riquezas, llamó a sus hijas para comunicarles que todo cuanto les quedaba para vivir era un pequeña casa de campo, muy alejada, adonde tendrían que retirarse. Habría que labrar la tierra, y así, cumpliendo ellos mismos la tareas campesinas se acostumbrarían poco a poco a sobrellevar su desgracia.

Las hermanas mayores no quisieron ni oír hablar de ello y se negaron a salir de la ciudad, argumentando que podían casarse con cualquier comerciante acaudalado de tantos como las cortejaban, y a quienes ellas rechazaban de continuo por considerarlos por debajo de su situación. Pero los tiempos habían cambiado y aquellas muchachas sin dinero habían perdido todo interés para sus festejantes. Algunos, hasta se alegraron de ver humilladas a quienes con tanta altivez los habían tratado. Solamente Bella seguía asediada por los jóvenes, porque su belleza y su bondad valían para ellos más que el dinero. Pero la joven no aceptó ninguna propuesta de matrimonio, diciendo que jamás abandonaría a su padre en esos momentos.

Llegó por fin el día en que la familia se trasladó a la casa de campo. La vida era allí muy dura, puesto que había que levantarse con el alba y trabajar muchísimo. Pero la única que tenía tiempo para todo era Bella, ya que sus hermanas de nada se ocupaban, lamentándose continuamente de su triste suerte. De esta manera, el malhumor y las lágrimas terminaron por afearlas y envejecerlas, en tanto que la vida activa embellecía cada vez más a la hermana menor.

Al cabo de un tiempo de vivir así, tuvo noticias un día el anciano de que un gran cargamento de mercaderías llegaba para él desde el otro lado del mar. Esto podía significar el fin de la pobreza, y las jóvenes recibieron las nuevas con alegría. El anciano partió a recibir la carga, y preguntó al irse a sus hijas, qué deseaban que les trajera. Las dos mayores pidieron adornos y alhajas, en tanto que Bella permaneció en silencio. Pero ante la insistencia de su padre, dijo:

—Si la encuentras, tráeme una rosa, pues aquí no crecen.

Cuando el buen padre llegó a la ciudad supo que el barco había naufragado y todas sus esperanzas se desvanecieron. Emprendió, desolado, el camino de regreso, pensando en la desilusión de sus hijas. Pero en una noche oscura, su caballo se extravió en un bosque. Hacía frío y nevaba, y cuando ya se creía el comerciante perdido para siempre, vió con gran alegría una luz a lo lejos. Hacia allí dirigió su cabalgadura, y poco después se halló ante un palacio iluminado.

Nadie salió a recibirlo y las puertas estaban abiertas. En el salón vió una gran chimenea encendida. Se sentó junto a ella, secó sus ropas, y calentó su cuerpo aterido. Siguió luego visitando los aposentos, y llegó al comedor, donde halló la mesa tendida, llena de ricos manjares, y con un solo cubierto. Miró hacia todos lados, no vió a nadie, y como realmente sentía hambre se sentó a comer, suponiendo que el dueño del castillo debía perdonar aquella descortesía y atrevimiento. Pasada la medianoche, nuestro viajero se convició de que el castillo estaba deshabitado, de modo que buscó un dormitorio, y se tendió en la cama.

Lo despertó al día siguiente un rayo de sol, y vió con gran sorpresa que su traje viejo había sido cambiado por otro nuevo. Se vistió, salió, montó a caballo, y al partir, dijo en alta voz:

—Gracias, hada generosa, por haberme atendido con tanta cortesía.

No obtuvo respuesta. Y ya salía, cuando vió de pronto un rosal en el jardín. Recordó entonces el pedido de su hija, y acercándose, cortó una rosa. En ese momento se sintió un ruido horrible, y casi en seguida, una bestia espantosa corrió hacia él, gritándole:

—¡Mal pagas mi hospitalidad cuando así me robas lo que más quiero! ¡He de matarte!

El anciano le suplicó que no lo hiciera, y explicó que sólo había querido llevar una rosa a su hija menor, sin suponer que había en ello nada ofensivo para el dueño del castillo.

—Bien —repuso la Bestia—. Estoy dispuesto a perdonarte, siempre que alguna de tus hijas venga a ocupar tu lugar. Si ellas no aceptan el trato, volverás a cumplir la pena dentro de tres meses. Por ahora, te permito que llenes un cofre con todo lo que te agrade. Yo te lo enviaré luego.

El anciano, dispuesto a sacrificarse y a no permitir que lo hiciera ninguna de sus hijas, llenó el cofre con inmensas riquezas. Sabía que al cabo de tres meses moriría y quería dejarlas en buena posición. Lleno de tristeza, partió. . .

Sus hijas lo recibieron con alegría, pero quedaron consternadas al saber lo ocurrido, echando la culpa a Bella por haberle pedido la rosa.

—Nada le sucederá a papá —dijo Bella—, porque yo he de ir junto a la Bestia.

Desesperado, le rogó el padre que no lo hiciera, y las hermanas fingieron afligirse. Pero Bella, mantuvo su decisión. El anciano las llevó a su habitación para conversar sobre el caso, y con gran sorpresa halló el cofre que le enviara la Bestia, y del que ya no se acordaba. Como nada pudo hacer por convencer a Bella para que se quedara, convino con ella en acompañarla hasta el castillo de la Bestia. Las cosas sucedieron de la misma manera que la primera noche en que el anciano llegó al palacio: las habitaciones estaban iluminadas, la chimenea encendida, y la mesa tendida. Solamente que esta vez, había dos cubiertos. Se sentaron ambos a la mesa, y se disponían a probar algo de lo que allí había, cuando se oyó un gran ruido y apareció la Bestia. Bella se estremeció al verlo.

—No sabes cuánto te agradezco que hayas venido— dijo la Bestia con voz suave—. Eres muy buena. En cuanto a ti —le dijo al comerciante— te irás mañana y no volverás por aquí.

Al día siguiente se despidieron Bella y su padre. La joven pensó que sin duda moriría muy pronto, y para distraerse, comenzó a recorrer el palacio. Así llegó hasta una puerta cerrada, donde un letrero decía: "Reservada para Bella". La niña empujó la puerta, y al entrar se halló en una lujosa habitación donde había un piano y numerosos libros. Tomó uno cualquiera, y vió que en la tapa decía: "Eres la reina y la dueña. ¡Lo que desees, ordena!"

—¡Oh! —exclamó involuntariamente Bella—. Yo sólo deseo ver a mi padre.

En el mismo momento, vió reflejada en uno de los espejos de la habitación, la imagen de su casa, y su padre pensativo en la puerta.

Bella reflexionó y comprendió que debía a la Bestia todas aquellas atenciones. Entonces empezó a tener alguna esperanza, y a suponer que quizás en el corazón de aquel horrible ser había algún rayo de bondad.

Por la noche, bajó Bella al comedor y halló como siempre la mesa a su disposición, con dos cubiertos. Cuando se sentó, apareció la Bestia y le pidió permiso para quedarse con ella a cenar.

—La casa es tuya —respondió la joven.

—No. Nadie más que tú es aquí la dueña y puede ordenar. Dime, ¿soy muy horrible?

—Aunque quisiera —respondió Bella —no podría engañarte. No puedo decirte que eres hermoso, pero eres muy bueno y eso vale mucho más.

Humildemente agradeció la Bestia sus palabras. Aseguró que no deseaba otra cosa que verla feliz, y se despidió de la joven. Luego se volvió, y dijo:

—Bella, ¿no querrías casarte conmigo?

La joven, valientemente, dijo que no.

—Adiós, entonces —dijo tristemente la Bestia.

Así se fueron sucediendo los meses. Bella tenía cuanto deseaba y a la hora de la cena contaba con la compañía de la Bestia, a cuya fealdad se había acostumbrado. Nada más que una cosa empañaba su tranquilidad, y es que la Bestia no cesaba de pedirle que fuera su esposa. Una vez, confió Bella a la Bestia que había visto en el espejo que sus hermanas se habían casado y que su padre estaba solo. Le suplicó que la dejara junto a él una semana, prometiéndole volver. La Bestia sintió una gran tristeza, pero no se opuso a su deseo.

—Vete —le dijo— pero no olvides que has prometido volver. Para ello, coloca este anillo que te doy sobre una mesa, y en cuanto te acuestes, estarás aquí de regreso.

Así es como Bella se presentó al día siguiente en su casa. No es para contar la alegría que al verla sintió su padre, y la envidia de sus hermanas al hallarla tan hermosa. Bella, como siempre, había tenido más suerte, y celosas, decidieron retenerla a su lado más tiempo del prometido, de manera que la Bestia, enojada, terminaría por matarla.

Llegado el día de la partida, las hermanas se pusieron a llorar en tal forma, que Bella consintió en quedarse una semana más, aun faltando a su promesa. Pero una noche soñó que la Bestia se moría de pena en el jardín del palacio, a causa de su ingratitud; entonces colocó el anillo sobre la mesa y se acostó. Cuando despertó estaba en el castillo. Aguardó con impaciencia la hora de la cena para ver a la Bestia, pero no apareció. Llena de temor por su amigo, la joven salió al jardín llamándolo a gritos, y allí lo encontró, desmayado y a punto de morir.

—Creí que no querías volver —murmuró.

—Aquí estoy, querida Bestia, y desde este momento soy tu prometida.

Apenas lo dijo, el palacio se iluminó, sonó una suave música, y la Bestia se transformó en un hermoso príncipe. Un hada mala lo había encantado, y su castigo duraría hasta el día en que una doncella lo aceptara por esposo.

El príncipe la abrazó y volvieron al palacio, donde ya se hallaba el padre de Bella. Los jóvenes se casaron y vivieron muy felices. Las envidiosas hermanas fueron convertidas por un hada en estatuas de piedra, hasta que arrepentidas de su maldad, recobraron la vida.

PULGARCITO

UNA pobre pareja de leñadores vivía hace muchos años en una aldea. Trabajaban mucho y ganaban muy poco, por lo que les resultaba muy difícil mantener a sus siete hijos. Eran pequeños y no podían ayudarlos, y mucho menos que nadie el más chiquitito, que no era más alto que el dedo pulgar. Todos le llamaban Pulgarcito, debido a su tamaño.

Una noche en que Pulgarcito no había podido dormirse de frío, oyó que sus padres hablaban en voz baja. Y sin quererlo, escuchó lo que decían. Los pobres leñadores estaban tan desesperados, que habían decidido abandonar a sus hijos en el bosque al día siguiente, a fin de que pudieran encontrar un hogar donde los cuidaran mejor.

Como Pulgarcito se había enterado del proyecto, cuando a la mañana siguiente partieron todos los niños hacia el bosque con su padre, el pequeño llenó sus bolsillos con piedritas. Y mientras caminaban, las fué arrojando por el sendero. Por eso, cuando al caer la tarde sus hermanitos se echaron a llorar al no encontrar al padre y verse perdidos en el bosque, el chiquito les dijo:

—No lloréis. Yo sé encontrar el camino.

Y siguiendo la hilera de piedrecillas blancas que había arrojado por la mañana, volvieron a la casa. Los padres se pusieron muy contentos al verlos volver; pero la miseria era cada vez más grande en la casa y no pasó mucho tiempo antes de que tuvieran que volver a hacer lo mismo. Pero en esta ocasión el padre mantuvo a Pulgarcito junto a él, y el niño no pudo recoger piedritas para señalar el camino. Sin embargo, supo hallar el recurso: al partir, la madre había dado un mendrugo de pan a cada uno. Pulgarcito no comió el suyo, sino que fué echando las migas por el camino. De esta manera, volvería a hallar el sendero que llevaba a la choza donde vivían.

Otra vez, al caer la noche, lloraron los niños al verse perdidos. Y Pulgarcito les dijo:

—No lloréis. Yo sé encontrar el camino.

Inútilmente buscó las señales que él había dejado por la mañana. Los pájaros habían devorado las migas arrojadas por el pequeño, y ninguna seña quedaba para guiarlos. Dieron vueltas y vueltas en medio del bosque oscuro, y cada vez se sentían más desesperados. Pero Pulgarcito era valiente, y trató de dar ánimo a sus hermanos, que pese a ser mayores que él, lloraban y lloraban.

—Esperad —les dijo—. Es posible que hallemos la manera de salir de aquí.

Y al decir esto, se subió a un árbol, y trepando a la rama más alta, se puso a mirar hacia lo lejos. Estaba todo muy oscuro, pero a la distancia, alcanzó a ver una luz y dió un grito de alegría. Bajó rápidamente del árbol y contó a sus hermanitos que a lo lejos había visto una casa. Entonces, todos se dispusieron a emprender el camino en busca de ese refugio, para pasar la noche.

Anduvieron un largo rato, tan largo que ya estaban empezando a convencerse de que se habían perdido de nuevo, cuando volvieron a ver brillar la luz entre los árboles. Y unos pasos más adelante, se encontraron frente a una casita de agradable aspecto.

Los niños dudaron un poco antes de llamar, porque no sabían cómo serían recibidos. Pero era tanto el temor que sentían de permanecer en el bosque, que por fin se decidieron, y golpearon tímidamente a la puerta. Al cabo de unos momentos, ésta se abrió y asomó la cabeza una anciana de rostro bondadoso. Pulgarcito, decidido, habló en nombre de todos, y explicó a la buena señora que habiéndose perdido con sus hermanitos en el bosque, sólo le pedía que les dejara pasar esa noche al abrigo, que no la molestarían mucho, y que al día siguiente partirían en busca de otro refugio.

La anciana los miró con aire sorprendido primero, luego movió con pena la cabeza y por fin, dijo:

—Queridos míos, yo os aconsejaría que siguierais caminando desde ya. Aquí lo pasaríais mal. El dueño de esta casa es un ogro que se come a los niños, y como ya no debe tardar en llegar, creo que lo mejor será que os marchéis en seguida.

Los niños tuvieron miedo al oírla, pero ya no podían dar un paso más, tanto era su cansancio, y le suplicaron que por lo menos, por esa noche, los dejara entrar. Prometieron muy seriamente permanecer calladitos y escondidos mientras estuviera el ogro, y que al día siguiente, con las primeras luces, se marcharían.

A la señora le dió mucha lástima la situación de los niños, y los hizo pasar. Cuando los chicos se vieron dentro de la casa y al abrigo, se sintieron tan felices que creían soñar. La anciana les dió de comer. Luego escondió los restos de la cena,

y les dijo que se metieran debajo de la cama para que el ogro no los viera. Ella misma los ayudó a esconderse, y después se sentó a tejer como si estuviera sola.

Al poco rato sintieron fuera unos pasos fuertes y la puerta se abrió de golpe. Inmediatamente, el ogro entró en la casa.

Protestó a gritos porque la anciana no tenía la comida sobre la mesa, y la pobre mujer corrió a la cocina a traer la fuente. El ogro comió con apetito, y cuando se sintió satisfecho, se repantigó en un sillón y se puso a husmear el aire.

—¿Quién estuvo aquí? —preguntó—. Siento olor a niño. Yo lo he de encontrar.

Se puso a buscar, revisó toda la casa, y al mirar debajo de la cama, encontró a los siete chiquillos.

—¡Ajá! —exclamó—. ¡Hermoso banquete para mí!

Y al decir esto, los hizo salir de su escondite. La temblorosa anciana lo convenció de que ya había comido bastante, y que lo mejor era reservar los niños para el otro día. El ogro aceptó. Dijo a la mujer que acostara a los niños con sus siete hijas, y todos se fueron a dormir.

El único que no pegó el ojo, fué Pulgarcito, que no hacía más que pensar en la manera de escapar cuanto antes. Y de pronto se le ocurrió una idea. Llamó despacito a sus hermanitos, y por señas los hizo acercar a la cama donde dormían las siete hijas del ogro. Los siete niños tenían puestos los gorros de dormir, y Pulgarcito hizo que los cambiaran por las coronitas que llevaban

puestas las hijas del gigante. Después de esto, volvieron a acostarse.

A medianoche, el ogro se despertó, y pensando que era mejor despachar el asunto sin esperar al día siguiente, fué al dormitorio de los niños.

Al ver a sus hijas con el gorro de dormir, creyó que eran los niños, dió cuenta de ellos, y se volvió a la cama, donde se durmió. En cuanto Pulgarcito lo vió desaparecer, despertó a sus hermanos, y aprovechando que el ogro dormía, huyó con ellos de la casa.

Cuando a la mañana siguiente comprendió el ogro lo que había pasado, tuvo un ataque de furia y salió en persecución de los niños. Con sus botas mágicas, les dió alcance muy pronto, y los pequeños tuvieron que esconderse en el tronco de un árbol. El ogro miró a un lado y a otro, y al no verlos, se sentó a descansar, quedándose dormido. Pulgarcito hizo salir entonces a sus hermanos, y les dijo que volvieran corriendo a casa de sus padres. El se acercó luego al ogro, y despacito, despacito, le sacó las botas. Se las puso, y se lanzó a recorrer el mundo.

Llegó a un país donde todos estaban muy tristes, porque estando en lucha con los enemigos, no tenían noticias de su ejército. Gracias a las botas de siete leguas, Pulgarcito llegó en un segundo al lugar de la batalla, y volvió trayendo la noticia de que el ejército acababa de ganar la guerra. El rey lo hizo su mensajero real, y obtuvo así tanto dinero, que Pulgarcito pudo proporcionar a sus padres y hermanitos una feliz y regalada existencia.

LOS CINCO SERVIDORES

ESTA es la historia, verdaderamente muy divertida, de lo que sucedió hace muchísimos años a una reina, vieja y mala, que tenía una hija muy orgullosa de su belleza. La reina se ocupaba tan solo de hacer el mayor daño posible, y para ello se valía muchas veces de la hermosura de su hija. Había hecho publicar un bando diciendo que quien la pretendiera en matrimonio debía pasar por diversas y difíciles pruebas. Si el pretendiente triunfaba, obtendría la mano de la hermosa, pero si fracasaba, debía pagarlo con la vida.

Muchos jóvenes dejaron su vida en las pruebas. En un lejano reino, un príncipe, enamorado del peligro y de la belleza de la princesa, se decidió correr el riesgo. Su padre se opuso terminantemente, por temor a que el joven muriera en la empresa, pero el príncipe se enfermó por el disgusto que esto le ocasionó. No tuvo entonces el rey más remedio que dejarlo partir. El príncipe mejoró, y partió lleno de esperanzas.

Iba a caballo, atravesando valles y montañas, hasta que un día, mientras cruzaba un bosque, creyó ver a lo lejos un enorme animal junto a un árbol. Al acercarse, advirtió que lo que antes le pareciera un animal, era un hombre tan inmensamente grueso que casi tapaba la luz del sol.

Al ver al príncipe, el hombre gordo se puso de pie y le dijo:

—Creo que te convendría tomarme a tu servicio.

Al príncipe le pareció que de poca utilidad sería un servidor tan gordo y pesado, pero aceptó. Y así siguieron los dos el camino, hasta que un poco más lejos, hallaron a un hombre tendido en tierra, con la oreja apoyada en el suelo.

—¿Qué haces? —preguntó, curioso, el príncipe.

—Oigo lo que pasa en el mundo. Mi oído es tan agudo que escucho a través de la tierra.

Quedó muy asombrado el príncipe ante aquella revelación, sobre todo cuando el hombre le contó que en ese preciso momento podía oír cómo la vieja reina malvada daba órdenes para que encarcelaran a un pobre pretendiente que había fracasado en las pruebas.

—Me parece que también podrás serme útil —dijo el príncipe—. Vente conmigo.

De esta manera, eran tres los que iban camino de la capital del reino. No habían andado mucho cuando vieron en el camino un par de pies y algo más adelante las correspondientes piernas, y así, hasta llegar a la cabeza de un hombre larguísimo tendido en el suelo. Muy asombrado,

lo interpeló el príncipe, y el hombre aseguró que cuando se estiraba de verdad, era más alto que cualquier montaña.

—Si me llevas contigo —terminó el hombre— ya verás cuán útil te seré.

De tal manera, se unió a la comitiva y el príncipe siguió su camino con sus raros acompañantes. Pero todavía le esperaba otra sorpresa, porque algo más adelante hallaron a un hombre, que sentado al sol, temblaba como una hoja.

—¿Tienes frío? —preguntó el príncipe—. ¿Cómo tiemblas así bajo un sol tan ardiente?

—¡Ay de mí! Yo siempre tengo frío. Solamente con hielo me caliento. El calor me da frío y el frío me calienta.

—Sí que eres raro —murmuró el príncipe—. Pero en fin, quizá me seas útil. Ven conmigo.

Iba el príncipe, momentos después, pensando en tanta cosa rara como había hallado en el camino, cuando vió de pronto ante sí a un hombre que miraba fijamente las montañas lejanas, como si buscara algo en ellas.

—¿Qué es lo que estás tratando de ver con tanta insistencia? —le preguntó el príncipe.

—Tengo unos ojos tan penetrantes, que todo lo ven, aun a través de las montañas.

El príncipe lo invitó entonces a reunirse a sus otros acompañantes, y por fin, sin encontrar nuevas sorpresas en el camino, llegaron al país de la hermosa princesa. Atravesaron las calles de la ciudad, y entraron en el palacio. Una vez que el príncipe se vió ante la malvada reina, hizo saber que había venido con el propósito de cumplir las pruebas para aspirar a la mano de la bella princesa.

—Sabrás —dijo la reina— que las pruebas son tres. Para cumplir con la primera, tendrás que traerme el anillo que arrojé al mar de las aguas rojas.

El príncipe se inclinó, aceptando el desafío, y se dispuso a cumplir la prueba. Reunió a sus servidores y les contó lo que se le exigía. Entonces los cinco servidores se pusieron a su disposición: el hombre de la vista penetrante miró adentro del mar y dijo que él veía perfectamente en el fondo, sobre una roca, el anillo de la reina. Entonces, el hombre gordo bebió hasta secar el mar, y el hombre alto, inclinándose, recogió tranquilamente el anillo. Volvió el príncipe al palacio llevando la prenda prometida, y la reina tuvo que admitir que había triunfado en la primera prueba.

—Pues ahora —le dijo— sabrás que delante de mi palacio hay un prado donde pastan cien bueyes. Deberás comerte esos cien bueyes, y beberte cien barriles de vino que hay en mi bodega antes de la medianoche.

El príncipe se inclinó, y preguntó a la reina si se le permitía llevar un invitado a ese festín. Convencida la reina de que un solo invitado no variaba la dificultad de la prueba, accedió a ello riendo.

¿Qué hizo entonces el príncipe? Pues nada más ni nada menos que llevarse como invitado al hombre gordo, que en menos que canta un gallo y chupándose los dedos, devoró los cien bueyes, bebió los cien barriles y aseguró que se quedaba con hambre.

La sorpresa quitó esta vez la respiración a la reina, que no podía entender cómo aquel delicado joven había podido resistir a la prueba. Y se puso furiosa al ver que iba salvando los obstáculos. Pero eso sí; sabía que la última no podría cumplirla, y gozaba con sólo pensarlo.

El príncipe aguardaba frente al trono.

—Pues bien —dijo la reina—. Esta noche dejaré a mi hija en tu casa. Tendrás la obligación de cuidarla. No te duermas, porque a medianoche iré yo, y si no la encuentro allí, ya sabes lo que te espera.

El príncipe supuso que esa prueba era mucho más sencilla que todas las otras, y que sus probabilidades de salir bien eran muchas. Llamó a sus servidores, les explicó en qué consistía la última prueba y añadió:

—Alguna trampa me tiende esa malvada, de manera que tendremos que estar sobre aviso.

La reina condujo a la princesa a la casa del príncipe y allí la dejó. La princesa se dispuso a dormir y se acostó. Entonces, el hombre alto se tendió en el suelo formando un anillo a su alrededor, el hombre del oído agudo puso su oreja contra el suelo para escuchar el menor ruido, el hombre gordo obstruyó la puerta con su cuerpo para que nadie entrara, y el de la vista penetrante se mantuvo alerta mirando a la distancia. El príncipe miraba a la princesa dormida, iluminada por la luna, y cada vez se sentía más enamorado. Mantenía sus ojos bien abiertos contemplándola, pero a las once, la reina malvada hizo caer sobre él un encantamiento. Y entonces todos se quedaron dormidos y la princesa desapareció.

Eran las doce menos cuarto cuando el príncipe, venciendo la pesadez, despertó sobresaltado y no halló a la princesa. Entonces se sintió verdaderamente desesperado, y despertó a gritos a sus servidores.

Pero el hombre que todo lo oía lo hizo callar,

—Se casa contigo porque lo ayudaron sus cinco servidores, pero tú no lo has elegido.

Entonces la princesa quiso poner ella misma una prueba. Mandó levantar una montaña de leña y dijo a su prometido que se casaría con él siempre que alguien consintiera en permanecer sentado sobre aquella pila hasta que ardiera por completo.

El príncipe accedió. Entonces el hombre que temblaba cuanto más calor hacía, se sentó temblando y tiritando hasta que ardió el último leño.

Como ya no podía hacerse otra cosa, la reina dispuso la boda y los jóvenes se casaron. Al terminar la ceremonia, sus cinco servidores se despidieron del buen príncipe, y partieron en busca de nuevas aventuras. El joven príncipe inició entonces el camino a su país junto con su esposa. Pero ahora era él quien quería poner a prueba a su mujer, y cuando pasaron frente a la choza de un criador de cerdos le dijo que aquélla era su casa, y que él no era príncipe sino un simple campesino que cuidaba cerdos. Añadió que los dos tendrían que ayudar a su padre en la tarea.

La princesa cambió sus ropas por otras más sencillas y ayudó cuanto pudo a su marido. Pero un día en que, a solas, lloraba su desventura, pasaron por allí unos campesinos que al verla llorar le preguntaron si sabía de veras quién era su marido. Respondió ella que era el cuidador de cerdos.

—Ven con nosotros —le dijeron.

La princesa los siguió, y con ellos llegó al palacio del príncipe. Su esposo estaba allí, espléndidamente vestido, en medio de su corte. Se adelantó al verla, y arrodillándose ante ella, le dijo:

—Ya hemos sufrido demasiado los dos. Es hora de que terminen nuestras penurias. Ahora seremos felices.

La princesa sonrió llena de alegría, y los jóvenes celebraron con una hermosa fiesta el comienzo de su nueva vida. Fué tan grandiosa la fiesta, que es una lástima que no hayamos podido ser invitados a ella.

Claro está que el príncipe recordó siempre a los cinco servidores que tanto lo habían ayudado a alcanzar la felicidad. Quiso invitarlos a su fiesta, pero nadie pudo encontrarlos en todo el reino. Quién sabe qué aventuras maravillosas estaban viviendo en otros países. Los jóvenes no perdieron, sin embargo, la esperanza de volver a verlos, y quién sabe si todavía algún día no han de retornar para desdicha de la vieja reina malvada y regocijo de los príncipes.

diciendo que estaba escuchando los lamentos de la princesa. Después, el hombre que todo lo veía dijo que estaba mirando a la princesa, sentada en una roca, a cinco kilómetros de distancia. El hombre largo aseguró que eso era muy sencillo para él y no hizo más que estirar los brazos, tomó a la princesa y la colocó suavemente en la cama. Cuando sonaron las campanas de la medianoche, entró la reina triunfante, y al ver a su hija tuvo un ataque de rabia. No podía ahora negar la mano de la joven, y trató de impedir la boda hiriendo el orgullo de la princesa:

EL AGUA DE LA VIDA

EL viejo rey de un lejano país, se enfermó un día gravemente. Ningún médico acertaba con la curación, lo cual constituía una gran tristeza para su pueblo y para sus tres hijos. Pero una tarde en que los tres jóvenes se paseaban por el jardín, hallaron a un anciano misterioso que les dijo:

—El rey se curará si bebe el agua de la vida, pero es muy difícil llegar hasta ella.

Al decir esto, desapareció, dejando muy cavilosos a los príncipes. Muy pronto, sin embargo, el mayor tomó una determinación y anunció que él partiría en busca del agua maravillosa. Inútil fué que el rey le rogara que no fuera. El joven se despidió de su padre y emprendió el viaje.

Cuando había hecho ya un largo trecho, se cruzó en su camino un enanito, que le preguntó adónde iba. Pero el príncipe, que era muy orgulloso, siguió de largo sin contestar. El enano lo vió alejarse, enfurecido.

—Algo malo te sucederá —le predijo enojado.

Así fué. Poco más adelante, al atravesar un desfiladero, las montañas se fueron estrechando y al príncipe le resultó imposible salir de allí.

En el palacio aguardaron mucho tiempo su regreso. Pero al ver que no volvía, el segundo príncipe decidió partir en busca del agua de la vida para salvar a su padre. El afligido rey volvió a

Cuando al cabo de mucho tiempo se convencieron en el palacio de que el segundo príncipe no volvería tampoco, el menor decidió partir. Mucho le costó convencer a su padre, cuya salud era cada día más delicada, pero por fin venció su resistencia. Se despidió del viejo rey, y emprendió el camino en busca del agua de la vida. En el sendero encontró al enano, que le preguntó adónde iba. El joven detuvo su caballo, y contestó que el objeto de su viaje era encontrar el agua de la vida para su padre, gravemente enfermo.

—Gentil caballero —respondió el enano—, tus finos modales me mueven a ayudarte. Sin las instrucciones que voy a darte, no la hubieras hallado jamás. En un palacio guardado por feroces leones, hay una fuente de la que brota el agua de la vida. Al tocar con esta varita que te doy, la puerta del castillo se abrirá sola. Entonces se abalanzarán sobre ti los leones; dale estos panes, y permanecerán quietos. Recoge en seguida el agua de la vida, y huye, porque a las doce en punto se cerrarán las puertas y no podrás salir.

Todo ocurrió como lo predijera el enanito. El joven príncipe llegó al castillo, tocó la puerta con la varita, y al arrojarse sobre él los leones, los calmó con los panes. Pasó a través de algunos salones y halló en el camino una espada y un pan

suplicar inútilmente. El joven príncipe no quiso escucharle y partió también.

Al igual que su hermano, halló al enanito en el camino, y tan orgulloso como él, provocó el enojo del hombrecito. Y el segundo hijo del rey quedó a su vez atrapado en el desfiladero.

milagrosos, que tomó. Más adelante, le salió al paso una hermosa joven.

—Gracias por haber venido —le dijo ella—. Soy una princesa encantada, que gracias a ti, podrá volver a vivir. Llévate el agua de la vida, y vuelve dentro de un año a buscarme.

El príncipe recogió el agua maravillosa, y se despidió de la joven. Apenas tuvo tiempo de salir del castillo, porque eran ya casi las doce, y las puertas, al cerrarse, atraparon un trozo de su capa.

En el camino de regreso topó otra vez con el enano, al que contó todo lo sucedido, mostrándole el pan y la espada que sacara del castillo.

—Con esa espada puedes destruir ejércitos enteros, y con ese pan alimentar a todo un pueblo.

Conversaron mucho, y así supo el joven príncipe la suerte corrida por sus hermanos. Pidió entonces al enanito que los perdonara, a lo que éste accedió no sin recomendarle que no se fiara de ellos, porque no tenían buen corazón. Así se reunieron los tres hermanos, y juntos volvieron al palacio. Durante el viaje, tuvo oportunidad nuestro joven de librar con su espada milagrosa a tres pueblos oprimidos y de calmar su hambre con el pan maravilloso. Todos le aclamaban y le querían, y esto despertó la envidia de sus hermanos, que en un descuido suyo le robaron el agua de la vida y la cambiaron por agua de mar.

Cuando volvieron al castillo y dieron a beber al rey el brebaje salado, el monarca empeoró más

aún. Entonces se presentaron los dos malvados, diciendo que ellos tenían la verdadera agua de la vida, y que el hermano había pretendido engañarlos. El rey curó, y arrojó del país al hijo menor por su conducta indigna. Así, el pobre joven partió decidido a no volver nunca más.

Pasó un año, y la princesa encantada aguardaba su regreso. Para ello, hizo empedrar con oro el sendero de entrada y advirtió a los servidores que sólo dejaran pasar al caballero que llegara cabalgando por el centro. Los hermanos del príncipe, recordando que el hermano menor les había hablado de la joven, intentaron llegar hasta ella para ganar su mano. Pero ninguno de los dos se atrevió a cabalgar sobre el precioso empedrado. En cambio, el joven príncipe sólo pensó en llegar cuanto antes junto a la princesa, y sin preocuparse de otra cosa, cabalgó sobre el centro del sendero. Los guardias le abrieron paso, y los jóvenes se reunieron. Por la princesa supo el príncipe que su padre estaba ya enterado de todo lo ocurrido, y que podía volver a su país. Su buen corazón le indujo a perdonar a sus hermanos, y todos regresaron a palacio, donde de allí en adelante, fueron muy felices.

BLANCANIEVES Y ROJAFLOR

HABÍA una vez una buena mujer que vivía en una casita cercana a un bosque, un tanto alejada de la población. La casa tenía un pequeño jardín donde crecían dos rosales; uno de ellos daba rosas blancas y el otro, rosas rojas. Como la viuda tenía dos hijas, tan bonitas como las flores de los rosales, todos las conocían con los nombres de Blancanieves y Rojaflor. Las dos jóvenes eran muy compañeras, aunque distintas en su manera de ser. Así como Rojaflor era bulliciosa y conversadora, Blancanieves era callada y tranquila.

Llevaban las tres una vida cómoda y apacible en su casita. Lo que más agradaba a las niñas era andar por el bosque, donde todos los animalitos eran sus amigos. Tan acostumbradas estaban a la vida del bosque, que si alguna vez las sorprendía en él la noche, allí permanecían hasta la salida del sol, sin ningún temor.

Y en el invierno, cuando la tierra se helaba y la nieve caía suavemente, se sentaban las tres al

amor del fuego y la madre les relataba antiguas leyendas de las que conocía muchísimas.

Fué en una de esas noches de invierno cuando ocurrió algo ciertamente muy extraño. Estaban hilando las niñas mientras escuchaban las historias de su madre, cuando llamaron a la puerta. Pensó la señora que se trataría de algún viajero extraviado. Pero ante la desagradable sorpresa de las tres, al abrir la puerta, un gran oso negro metió por ella su cabezota y pidió permiso para entrar. Las jóvenes echaron a correr asustadas, pero la madre, compadecida, lo dejó pasar.

Era un oso manso que se sentó junto al fuego, y ante cuya triste mirada pronto perdieron las niñas el temor. Quitaron de su piel la nieve que lo cubría, y pronto se hicieron amigos. De allí en adelante, el oso, que salía todos los días, volvía a la casa por las noches. Y ya se hizo una costumbre para las tres el tenerlo con ellas. Pero cuando terminó el invierno y los primeros brotes empe-

—¡Malvadas! ¡Me habéis estropeado mi hermosa barba!

Diciendo esto se alejó, cargando sobre sus hombros una bolsa llena de oro que había dejado en el suelo. Las dos niñas quedaron riendo un largo rato. Pero no imaginaron que no pasaría mucho tiempo antes de que esta aventura se repitiera. En efecto, poco después, estando también en el bosque, vieron al enanito que saltaba desesperadamente a la orilla del lago. Se disponían a avisarle que corría peligro de caer al agua, cuando al verlas llegar, el furioso enano les gritó:

—¡Podríais venir a ayudarme! ¡Este horrible pez me va a arrastrar!

Así era. Estaba pescando, y su larga barba estaba enredada en el hilo, del cual pendía un enorme pez. Blancanieves sacó una tijerita de su delantal, y cortando la punta de la barba, lo salvó del difícil trance. Y otra vez el desagradecido enano se alejó protestando, mientras se llevaba una bolsa repleta de perlas.

Al cabo de algunos días, Rojaflor y Blancanieves tuvieron que ir al pueblo cercano, y al pasar por un lugar del camino bordeado de rocas, vieron que un gran pájaro descendía dentro de un círculo de piedras. Al oír voces que pedían auxilio, corrieron hacia allá, y volvieron a encontrar al enano, a quien un águila trataba de llevarse. Las dos niñas lo tomaron fuertemente de las piernas, y el águila huyó. Pero esta vez el enojo del enano llegó al colmo, porque al sujetarlo le habían arrugado el traje. Y se alejó rezongando, mientras se llevaba una bolsa llena de maravillosas piedras preciosas.

Cuando las dos muchachas volvieron de la ciudad, vieron que detrás de las piedras el enano contemplaba su tesoro de joyas desparramadas por el suelo. Cuando vió a Blancanieves y Rojaflor, se puso furioso.

—¡Me habéis descubierto y os voy a moler a palos! —gritó.

Pero antes de que tuviera tiempo de acercarse a las asustadas jóvenes, un gran oso negro se acercó a sujetarlo. El enano se murió de miedo en el acto, mientras las niñas reconocieron en el salvador a su antiguo amigo. Pero la piel del oso cayó al suelo, y en su lugar apareció un hermoso príncipe. Era el hijo de un rey a quien el malvado enano había encantado para robarle, y cuyo encantamiento terminaría al morir aquél.

El príncipe se casó con Blancanieves, y un hermano suyo con Rojaflor, y los cuatro fueron muy felices.

zaron a verse en los dos rosales, el oso les dijo:

—Debo irme otra vez. Tengo algunos enemigos entre los enanos del bosque, y cuando al llegar la primavera la tierra se ablanda, los perversos enanos se las ingenian para robarme los tesoros que tengo escondidos y que me pertenecen. Muchas gracias, y adiós.

Mucho le suplicaron las niñas para que no se fuera, pero el oso no quiso escucharlas. Y cuando por fin se marchó, al tratar de retenerlo, un trozo de su negra piel quedó prendido en la puerta. Debajo de aquel trozo arrancado le pareció a Blancanieves ver brillar un reflejo de oro, pero no estuvo nunca muy segura.

Pasó el tiempo, y un hermoso día de aquel verano estaban Rojaflor y Blancanieves jugando en el bosque, cuando vieron un pequeño hombrecito de larga barba que gritaba desesperado. Realmente estaba en situación difícil, porque su barba se había quedado metida en una grieta de un tronco caído, y no podía sacarla. Rojaflor tomó una tijerita del bolsillo de su delantal, cortó la punta de la barba y el enano quedó en libertad. Pero en lugar de darles las gracias, refunfuñó:

LA MESA, EL BURRO Y EL PALO

HABÍA una vez un viejo sastre que tenía tres hijos. Era pobre y no poseía más bienes que una cabra a la que cuidaba y mimaba más que a nadie en el mundo. Sus hijos debían llevarla a pastar, y el sastre vigilaba constantemente para que no dejaran de hacerlo.

El mayor de los muchachos llevó un día a la cabra a pacer, y harto de verla comer sin parar, le preguntó si estaba ya satisfecha.

—Completamente —respondió la cabra—. Ya no puedo comer más.

Cuando volvió a la casa, y el viejo sastre quiso saber si la cabra había comido bastante, el muchacho contestó que sí. No contento con esto su padre fué al establo y se lo preguntó a la cabra. Y el animal, con gesto malhumorado, respondió:

—No he probado bocado porque no había en el prado ni una mata de hierba.

Tan furioso se puso el sastre al oírla, que sin hacer caso de las protestas de su hijo mayor, lo echó de la casa, mientras le gritaba:

—¡Me has mentido, holgazán! ¡Sólo te preocupas de divertirte, y no atiendes a mi cabrita!

Tocó el turno al segundo de los hijos. Y otra vez la cabra respondió a la pregunta del muchacho sobre si había comido bastante:

—Ya no puedo comer más.

Preguntó el sastre al muchacho si la cabra volvía satisfecha de pastar, y el joven respondió que sí. Pero cuando el sastre fué al establo para que la cabra se lo dijera, ésta contestó:

—No he probado bocado porque no había en el prado ni una mata de hierba.

Y el segundo de los hijos fué arrojado de la casa como su hermano mayor.

La misma escena se repitió al día siguiente cuando el menor de los hermanos la llevó a pastar. Y como la cabra volviera a afirmar que no había probado bocado, el padre echó a su último hijo de la casa.

Ni por un momento imaginó el sastre que quien mentía era la cabra. Tuvo que convencerse por sí mismo, porque al día siguiente, cuando él la llevó a pastar, la cabra hizo el mismo juego. Dijo que estaba harta de comer, y al encerrarla en el establo, tuvo el viejo la ocurrencia de pre-preguntarle si estaba satisfecha.

—No he probado bocado —dijo la cabra—, porque no había en el prado ni una mata de hierba.

Esta vez la furia del sastre se volvió contra la cabra y la echó a palos de la casa. Pero ya era demasiado tarde para encontrar a los hijos, y el viejo quedó solo y apesadumbrado en la casa con-

fiando en que algún día volvería a hallarlos.

Veamos ahora qué había pasado con los hijos.

Al ser despedido por su padre, el mayor de los muchachos había encontrado, muy lejos de allí, trabajo en casa de un carpintero. Estuvo con él muchos años, y el carpintero le tomó cariño. Por eso es que cuando el muchacho, al cabo de un tiempo le dijo que deseaba volver junto a su padre, el carpintero consintió en ello, haciéndole además un regalo. Le ofreció una mesa, aparentemente igual a cualquier otra; pero era una mesa mágica, a la que bastaba decir: "¡Mesa, cúbrete!", para que en seguida se cubriera con un mantel y ricos manjares.

—Espero que esta mesita te será muy útil en tu viaje y confío en que más de una vez te sacará de apuros —le dijo el carpintero.

Mucho agradeció el muchacho aquel regalo y partió de regreso a su hogar.

En diversas oportunidades la mesita lo sacó de apuros y calmó su hambre. Y sucedió que una noche, yendo de camino a su casa, pidió albergue en una posada para descansar. El salón de la posada estaba lleno de viajeros, que al ver al humilde recién llegado le ofrecieron un lugar junto a ellos en la mesa. Pero el joven, olvidando su prudencia, respondió que él tendría sumo gusto en invitarlos. Y ante la sorpresa de todos, colocó la mesa en medio del salón y dijo:

—¡Mesa, cúbrete!

En seguida se cubrió la mesa de sabrosas viandas y todos participaron del mágico festín.

Conversó un rato con sus invitados, y luego se despidió para retirarse a dormir, llevándose la mesa consigo. Pero la mesita había despertado la codicia del posadero.

—Si yo tuviera una mesa como ésa —reflexionaba— me haría rico sin ningún esfuerzo. No tendría necesidad de comprar nada, pues cuando algún viajero pidiera de comer, me bastaría decir: "¡Mesa, cúbrete!", para disponer en seguida de todo cuanto se le pueda ofrecer a un señor.

De pronto, el hombre recordó que en un desván guardaba una mesita parecida a aquélla, y aprovechando el pesado sueño del muchacho, entró en su habitación y la cambió por la otra.

El joven partió al día siguiente sin sospechar nada, y caminando, caminando, llegó a su casa. El viejo sastre lo recibió con los brazos abiertos, y cuando el hijo le explicó las virtudes de la mesa, quiso pavonearse ante los vecinos. Los llamó a todos, y pidió al muchacho que hiciera la prueba. Claro está que cuando éste dijo: "¡Mesa, cú-

brete!" no pasó nada. Y los vecinos se marcharon riendo y burlándose del viejo, que muy triste volvió a sentarse a coser.

El segundo de los muchachos había conseguido trabajo en un molino. El molinero lo quería mucho y no tuvo inconveniente en dejarlo partir el día en que el joven le dijo que deseaba volver a ver a su padre. Pero antes le hizo un regalo. Le dió un burro maravilloso que, cuando se lo pedían, arrojaba monedas de oro por la boca.

Partió el joven del molino, y caminando, caminando, llegó a la misma posada por donde había pasado su hermano. Se sentó en un rincón y pidió de comer, encargando al posadero que cuidara muy bien del burro que dejara en el establo. El posadero no dió mucha importancia a aquel huésped que parecía tan humilde, pero se asombró cuando el joven le pagó con una moneda de oro. Supuso entonces que podría obtener algo más de tal viajero, y le exigió que pagara su habitación por adelantado. Consintió el joven, pero como no tenía más monedas, fué a pedírselas al burro, y el posadero descubrió el secreto.

—Este burro me vendría muy bien a mí —se dijo.

Y esa noche, aprovechando que el muchacho descansaba en su habitación, fué al establo y cambió al burro por otro igual. El viajero partió al día siguiente sin advertir el cambio del animal. Caminando, caminando, llegó a casa de su padre, donde el viejo sastre lo recibió con los brazos abiertos. Cuando el hijo le explicó las virtudes del burro que llevaba consigo, el sastre reunió a sus vecinos para que vieran el milagro. Claro que cuando el joven le pidió al burro que le entregara una moneda de oro, el burro permaneció impasible. Entre risas y burlas se alejaron los vecinos, y el sastre volvió tristemente a su costura, ayudado por sus dos hijos .

¿Y qué había sucedido con el tercer hijo? Pues, que al ser despedido por su padre, entró de aprendiz en casa de un tornero. Al cabo de un tiempo quiso volver a ver a su padre, y pidió a su maestro que lo dejara partir. Accedió el tornero, y como lo quería mucho, le hizo un regalo.

—Toma este saco —le dijo—. Dentro hay una pesada vara. Basta con que tú digas: "¡Palo, sal del saco!" para que se ponga en movimiento moliendo las costillas al que te ataque.

Partió el muchacho llevando consigo el maravilloso regalo, y en el camino fué a parar a la posada por donde habían pasado sus hermanos. Pero al sentarse en un rincón, oyó al posadero que

relataba riendo la mala pasada que había jugado a sus hermanos. Y entonces decidió darle su merecido. Pidió de comer y no habló con nadie, pero demostró siempre mucho interés en no separarse de su saco, donde guardaba el palo. El posadero comenzó a sospechar que aquel saco debía contener algo muy valioso, y resolvió quitárselo.

—Me voy a dormir —dijo de pronto el muchacho—. Posadero, indícame mi habitación. Pero me llevo conmigo mi bolsa, de la que no me separaría por nada del mundo.

Con grandes aspavientos, para que el posadero lo viera bien, puso el saco junto a su almohada, y dándole las buenas noches, se acostó a dormir.

Pero no durmió. Ya pasada la medianoche, el posadero se acercó muy despacito a la habitación del muchacho, y convencido de que su huésped estaba bien dormido, entró de puntillas en el cuarto. Con mucho cuidado fué hacia la cama, y cuando ya estiraba el brazo para tomar el saco, el muchacho gritó:

—¡Palo, sal del saco!

Inmediatamente, el palo saltó del saco y empezó a dar una tunda formidable al posadero. El sinvergüenza aullaba y gritaba pidiendo que lo dejaran en paz. Pero el muchacho respondió:

—Sí, sí, en seguida. Ya mismo. En cuanto me devuelvas lo que tú has robado a mis hermanos.

Inútil fué que el posadero dijera que no los conocía ni de vista. Tan terrible era la paliza que no tuvo más remedio que admitir su falta.

—¡Está bien! —gritaba—. ¡Basta ya! Te devolveré... ¡ay!... lo que me pides... ¡ay! ...

Y entre saltos y gritos devolvió al muchacho la mesa mágica y el burro de las monedas. El joven dió una orden y el palo se metió en el saco, mientras el posadero se frotaba el cuerpo.

Ya recuperados los bienes de sus hermanos el muchacho partió de la posada. Caminando, caminando, llegó a casa de su padre, y el viejo sastre lo recibió con los brazos abiertos.

Entonces contó el joven su aventura de la posada y mostró a su padre los tres regalos mágicos.

El sastre se alegró de poder lucirse ahora ante sus vecinos. Volvió a reunirlos a todos, y esta vez sí que la mesa se llenó de ricos manjares, y el asno escupió brillantes monedas de oro. Maravillados de lo que presenciaban, felicitaron efusivamente al sastre, que desde ese día pudo abandonar su trabajo y descansar de sus fatigas junto a sus tres hijos.

¿Y qué fué de la pícara cabra, autora de tantas penurias? Avergonzada porque el sastre, al echarla, le había pelado la cabeza, se ocultó en la cueva de un zorro. Cuando el zorro quiso entrar en la madriguera, se asustó al ver brillar los ojos de la cabra, y fué a buscar a un oso para que lo ayudara. El oso también se asustó y buscó la ayuda de una abeja. La abeja, pequeñita, se metió en la cueva y picó a la cabra.

Fué tan tremendo el dolor que sintió la maligna cabra, que salió disparando de la cueva, y tanto corrió, que hasta la fecha no ha vuelto a saberse nada de ella.

EL TRAJE DEL EMPERADOR

UN poderoso emperador que vivió hace muchos años en un país muy lejano, era muy querido por sus súbditos por su bondad y su justicia. Sus ministros eran también muy prudentes, y todo hubiera marchado muy bien, si el soberano no hubiera padecido de un defecto: era sumamente vanidoso.

Se preocupaba constantemente de su ropa, de sus adornos, de sus capas y plumas. Enloquecía a sastres y costureros con sus exigencias, y muchas veces, el tiempo que debía dedicar a los asuntos de estado lo empleaba en estudiar la elección de un nuevo atavío.

Todos estos vanos entretenimientos lo distraían de su función de gobernante. Y ese tiempo que así perdía, hubiera podido emplearlo, según pensaban algunos de sus más fieles súbditos, con mayor provecho para el bien de su país.

Estaba el emperador un día de tantos, rodeado de sastres y comerciantes que le mostraban sus ricas telas. Dentro de pocos días se celebraba una festividad importante en el imperio, y el soberano preparaba su ropa. Pero nada de lo que veía le satisfacía, porque él deseaba algo realmente original y sorprendente.

En tales circunstancias, y cuando ya los mercaderes habían vaciado todas sus valijas, se acercó un cortesano diciendo que él podía quizás ofrecer la solución. Explicó entonces que acababa de llegar al puerto un barco extranjero, y que según había oído decir, habían desembarcado dos extraordinarios tejedores.

El emperador dió orden de que los llevaran inmediatamente a su presencia. No tardaron en hallarlos, porque eso era precisamente lo que querían los dos tejedores: ser llevados ante el emperador. La verdad es que no eran tejedores, sino dos pillos rematados, que habiendo oído hablar de la manía del soberano, habían llegado al país con el fin de sacar partido de ella en provecho propio.

Cuando se encontraron en presencia del emperador, se inclinaron profundamente. Y al preguntarles el monarca qué podían ofrecerle para confeccionar su traje de fiesta, respondieron:

—Señor, de ninguna manera tenemos en nuestro poder esa tela. El tejido que ha de servir para el traje de Vuestra Majestad, está todavía por hacerse. Mi compañero y yo consideramos que es tan importante la oportunidad que se nos ofrece, que queremos crear especialmente la tela para vuestra ropa. Y podemos asegurar que nadie la ha usado nunca, porque el procedimiento para tejerla es de exclusiva invención nuestra.

Quedó estupefacto el emperador y deseoso de saber en qué consistía aquella maravilla. Pronto lo supo. El pillo se lo explicó en dos palabras:

—Majestad, esa tela maravillosa debe tejerse con hilos de oro y plata, y con el procedimiento que hemos inventado, se forma un dibujo tan sorprendente que nadie ha conocido cosa igual. Pero lo verdaderamente fantástico es que la tela así tejida es invisible para todos aquéllos que estén ocupando cargos que no merecen o que son rematadamente tontos.

Todos quedaron mudos de asombro ante tanta maravilla. Pero el emperador entendió que el trabajo de aquellos hombres le sería muy útil: no solamente llevaría el traje más bello del mundo, sino que podría saber quiénes entre sus ministros y consejeros ocupaban cargos indebidos o eran tontos de remate.

Los tejedores se pusieron a la obra. Para ello les habían dado una habitación especial en el palacio, donde instalaron su telar. Continuamente pedían más hilos de oro y plata para proseguir el tejido, y hacían todos los movimientos del que teje. Pero escondían con sumo cuidado los ricos hilos y nada hacían. Sin embargo, como se sabían observados, de vez en cuando se apartaban un poco del telar, como para ver mejor, y lanzaban exclamaciones de asombro ante la belleza de lo que veían.

Habían pedido al emperador que no viese la tela hasta estar terminado el traje, pero el soberano, impaciente y curioso, envió un día al primer ministro a ver cómo seguía el trabajo. El primer ministro entró en la habitación, y los dos pillos, entre grandes reverencias, hicieron como que sostenían la tela para que viera cuán hermosa era. Claro está que el primer ministro no veía nada. Pero temiendo que lo creyeran tonto o que ocupaba su cargo sin merecerlo, exclamó:

—¡Qué preciosidad! ¡Qué dibujo tan bello!

Y sin detenerse un segundo, corrió a contar al emperador que la tela era realmente suntuosa. El pobre hombre estaba en verdad sumamente preocupado pensando que era un incapaz para ocupar el puesto que le diera el monarca, pero lo disimuló.

el género, cortaron y cosieron aquel vestido famoso. Y llegó el momento en que el emperador fué llamado para ponérselo. Fué para él un instante de emoción. Al fin vería aquella obra de la que tanto le habían hablado. ¡Desdichado monarca! Cuando los extranjeros le mostraron el traje, él nada vió. Pero, sí oyó a su alrededor el coro de alabanzas y exclamaciones de admiración:

—¡Bellísimo! ¡Sorprendente! ¡Magnífico!

Aterrorizado, pensó que era un monarca que no merecía ocupar su cargo. Pero supo disimular su impresión, y él también se mostró maravillado ante aquel traje deslumbrante que le ofrecían.

Aunque nada veía se dejó poner el vestido. Los dos tejedores hacían todos los movimientos apropiados: pasaron el escote por su cabeza, le hicieron levantar los brazos para calzar las mangas, y cuando ya estuvo listo, lo pusieron frente al espejo para que se mirara. El rey se vió ridículo con su ropa interior pero como todos a su alrededor aseguraban que llevaba puesto el más hermoso traje del mundo, sólo atinó a decir que nunca jamás se había visto mejor vestido.

Por entre las filas de cortesanos salió el emperador del palacio, para subir al carruaje que debía conducirlo. Arrancó el coche, y las mismas explosiones de admiración que habían tenido lugar en el palacio, se repitieron durante todo el trayecto:

—¡Un traje soberbio! ¡Estupendo!

Nadie quería confesar que no veía nada. Pero sucedió entonces algo completamente imprevisto. Entre la multitud que se agolpaba en la calle para ver pasar al emperador, había una mujer que sostenía en sus brazos a un niño de corta edad. Y cuando el coche pasó junto a ellos, el pequeño, que en su inocencia desconocía las virtudes de aquella tela, exclamó con toda sinceridad:

—¡El emperador está en calzoncillos!

Primero quedaron todos estupefactos, y luego ni uno solo de los presentes pudo evitar la risa. Una gran carcajada recorrió la multitud. Aquel niño decía la verdad, y el emperador comprendió que estaba haciendo el ridículo. Rojo de cólera y de vergüenza, dió orden de suspender la fiesta y volver al palacio. Desde el monarca hasta el último de los lacayos, comprendieron que habían sido hábilmente engañados.

El emperador mandó que se arrestara a los dos pillos, pero éstos habían puesto ya pies en polvorosa, llevándose el rico material de oro y plata que él les diera. Desde entonces, el emperador se curó de su manía, y nunca más volvió a dar tanta importancia a sus vestidos.

Cada vez estaba más impaciente el emperador por ver la tela, y fué enviando emisarios tras emisarios para que le informaran. Con todos pasó lo mismo. Cuando los dos pillos hacían como que extendían la tela, nadie veía nada. Pero ante el temor de pasar por tontos o incapaces, exclamaban:

—¡Soberbia! ¡Maravillosa!

Y aseguraban al soberano que jamás en su vida se había visto cosa igual. Por fin dieron por terminada los tejedores la tarea del tejido, y se dispusieron a cortar el traje. Tomaron medidas a Su Majestad, y haciendo como que manejaban

LOS CUATRO HERMANOS LISTOS

HABÍA una vez un pobre leñador que trabajaba duramente para poder mantener su hogar. Tenía cuatro hijos, y más de una vez pensaba el buen hombre en el desdichado porvenir que les esperaba si seguían viviendo con él. De manera que, pese al enorme cariño que les tenía, o quizá por eso mismo, decidió un día que sus cuatro muchachos debían irse de la casa en busca de mejor fortuna. Y aunque este pensamiento le partía el alma, reunió a los cuatro y les dijo serenamente:

—Hijos míos, he pensado que debéis salir a buscar trabajo y porvenir lejos de aquí. Ya estáis en edad de ver mundo, y cada cual sabrá lo que más le conviene. Creo que es necesario, por el bien de vosotros cuatro, que nos separemos.

A los muchachos les gustó la idea, aunque resistieron un poco por no dejar al padre solo. Pero el hombre no quiso ni siquiera escucharlos. Había tomado su determinación y estaba convencido de que eso era lo mejor. De tal modo, los cuatro hijos decidieron partir, pero con la promesa de que a los cuatro años, volverían a reunirse otra vez en la cabaña del padre.

Con esta promesa, se retiraron todos a dormir, un tanto nerviosos e impacientes. Cuando despuntó el sol, ya estaban los cuatro muchachos en pie y listos para la partida. Abrazaron al padre e iniciaron los cuatro juntos el camino en busca de un mejor porvenir. Al cabo de un rato llegaron a un bosquecillo y se internaron en él. Pero de pronto llegaron a una encrucijada en que el camino se dividía exactamente en cuatro partes. Entonces pensaron que lo mejor sería separarse, y que cada cual hallara su destino. Se abrazaron, y así lo hicieron.

Antonio, el mayor, tomó el sendero que le correspondía y anduvo todo el día. Al caer la noche, estaba aún en la selva, y buscando un lugar donde refugiarse, halló una cabaña semioculta entre los árboles. Llamó a la puerta, y un hombre de mal aspecto salió a abrirle.

Antonio explicó que se había perdido en el bosque, y que sólo deseaba un rincón donde pasar la noche al abrigo. Añadió, para calmar la desconfianza del hombre que lo miraba de mal modo, que había salido de la casa de su padre en busca de un porvenir.

—Veo que eres decidido —dijo el hombre ha-

ciéndole señas de que pasara—. Te ofrezco un lugar en mi casa si quieres ser mi ayudante. Pero mi oficio es arriesgado: soy ladrón.

El muchacho era valeroso pero honrado, y dudó. Pero luego, pensando que podría aprender a deslizarse en cualquier parte sin ser visto ni oído, y decidido a no robar jamás, aceptó y se quedó a vivir junto al ladrón. Fué tan diestro, que poco

tardó en superar a su maestro en el arte de meterse en cualquier parte sin ser notado.

El segundo de los cuatro hermanos, llamado Tomás, anduvo mucho rato por su camino, hasta que fué sorprendido por una tormenta. Buscó entonces afanosamente un lugar donde guarecerse, y divisó una casa a cuya puerta llamó. Le abrió un anciano de larga barba blanca, quien con mucha gentileza lo hizo entrar y sentarse junto al fuego para secar sus ropas empapadas.

Cuando se sintió reconfortado, miró Tomás a su alrededor y le llamó la atención ver que la habitación donde se hallaba tenía un alto techo redondo, con ventanas que miraban al cielo. Además, había en la pieza extraños aparatos. El anciano, sonriendo, le explicó que él era un astrónomo, y que vivía dedicado a sus estudios. Cuando supo que Tomás quería aprender un oficio, le ofreció quedarse a su lado como ayudante.

—Aprenderás conmigo un poco de ciencia —le dijo.

Tomás aceptó encantado. Era inteligente y aplicado, e hizo muchos progresos junto al sabio astrónomo. Y tanto se aguzó su vista en el estudio de los astros, que solía ver cosas que su maestro no lograba descubrir.

El tercero de los muchachos, Luis, fué también sorprendido por la noche en medio de un camino. Vió por entre los árboles una alegre lucecita en una ventana, y hacia allí se encaminó. Le abrió la puerta un hombre de aspecto vigoroso y al saber que el muchacho andaba en busca de un porvenir, le ofreció que se quedara a vivir con él.

—Soy el cazador más experto de la comarca —le dijo—. Puedo enseñarte a manejar el rifle como el mejor.

El joven aceptó, y al cabo de un tiempo había hecho tantos progresos en su oficio, que hasta su hábil maestro sentía admiración por su extraordinaria puntería.

En cuanto a Carlos, el más joven de todos, caminando con paso vivo y ágil, llegó sin tropiezos a la ciudad. Estaba seguro de que allí no le sería difícil hallar la forma de ganarse la vida; pero no tardó en sentirse perdido en medio de aquel torbellino de gente y de carruajes que iban y venían sin prestarle la más mínima atención.

Sin saber qué hacer, llamó en la tienda de un sastre para ofrecer sus servicios. Al maestro le gustó aquel muchacho de tan buena presencia, y lo mantuvo a su lado. En poco tiempo dejó de ser un simple aprendiz para convertirse en el más hábil de los maestros de la aguja. Su fama se extendió por toda la ciudad, la clientela del sastre aumentó en forma notable, y el dinero comenzó a llenar los bolsillos del viejo sastre y de su discípulo.

Pasaron los cuatro años fijados, y los muchachos, que no olvidaban la promesa hecha a su padre, dejaron por un tiempo sus tareas para volver al viejo hogar del bosque.

El anciano tampoco había olvidado la promesa y aguardaba con impaciencia el momento de verlos. Es de imaginarse con qué alegría se abrazaron todos al hallarse nuevamente reunidos. Una vez que el viejo leñador secó sus lágrimas, se sentaron todos alrededor de la mesa, y el padre comenzó a interrogarlos sobre lo que habían hecho. Cuando hubo escuchado a los cuatro, dijo:

—Cada uno tiene un oficio distinto. Veremos mañana si habéis aprovechado las lecciones de vuestros maestros.

Al día siguiente, se reunieron todos en el campo y allí dieron comienzo a las pruebas.

—Tomás —dijo el padre—, sé que en lo alto de aquel árbol hay un nido. Dime, tú que ves tan bien, cuántos huevos hay en él.

Tomás miró y respondió que había cinco huevos. Entonces el padre pidió a Antonio que los retirara del nido sin que el pájaro lo advirtiera. Así lo hizo, y bajó los cinco huevitos del nido. El anciano estaba asombrado, pero todavía faltaba lo mejor. Puso los cinco huevos sobre la mesa, y pidió a Luis que los perforara con su rifle, cosa que el muchacho hizo de un solo tiro. Todos gritaron admirados. Y luego Carlos, con su aguja, zurció magistralmente los cinco huevos de manera que no quedó ni rastro del tiro.

El viejo quedó muy orgulloso de la habilidad de sus hijos. Vivieron durante un tiempo los cinco juntos, y un día llegó hasta ellos la noticia de que un dragón había robado a la hija del rey y que el monarca ofrecía una valiosa recompensa al que se la devolviera. El leñador insistió ante sus hijos para que intentaran la prueba. Entonces, los cuatro hermanos se despidieron de su padre y se dirigieron al palacio para ofrecer sus servicios al rey.

El rey los atendió con gran deferencia y puso a su disposición todo cuanto necesitaran. De este modo pudieron equiparse, y un día partieron los cuatro en una hermosa embarcación. Pasaron muchos días, hasta que de pronto Tomás divisó a lo lejos la isla del dragón. Sus hermanos nada veían, pero confiaron plenamente en los ojos de Tomás.

Cuando se aproximaron a la isla, vieron que

en ella se levantaba un espléndido castillo. Desembarcaron, y siguieron el camino que hasta él conducía: pero delante de la puerta estaba apostado el dragón. Por fortuna, estaba dormido. Luis pensó matarlo de un tiro, y ya se había echado el arma sobre el hombro, cuando advirtió que detrás del dragón estaba la princesa. Tuvo miedo de herirla, y desalentado, bajó el arma.

Entonces fué Antonio el que se decidió. Con particular habilidad, se acercó despacito al dragón, pasó junto a él sin despertarlo, tomó a la princesa de la mano y regresó donde estaban sus hermanos, sin que el dragón se enterara.

Los hermanos lo felicitaron y la princesa le agradeció con una sonrisa. Pero como no había tiempo que perder, corrieron todos a la nave que esperaba en la playa. No se habían alejado mucho de la isla, cuando el dragón se despertó, y al ver que su prisionera escapaba, lanzó un rugido, abrió las alas enormes, y se arrojó en seguimiento de la barca.

Los muchachos trataron de apurarse, pero no podían hacer nada, porque el dragón volaba velozmente y pronto les dió alcance. Luis, decidido, tomó el rifle y disparó. Como era de esperar dió en el blanco, y la bestia cayó muerta en el acto. Pero como ya estaba encima de ellos, golpeó con sus alas los mástiles y los rompió, destrozando también la cubierta. En pocos momentos, sólo quedó de la nave unas cuantas maderas a las que se asieron desesperadamente los náufragos. Entonces, dijo Carlos que él podía hacer algo para salvarlos.

Valiéndose de las sogas que flotaban todavía sobre el mar, unió hábilmente las tablas y construyó una balsa sobre la que pudieron seguir navegando. Y así llegaron al reino, donde el rey los recibió con los brazos abiertos. Pero entonces se presentó el problema de saber cuál era el salvador de la princesa.

—Yo divisé la isla —dijo Tomás.

—Yo saqué a la princesa del castillo —dijo Antonio.

—Yo maté al dragón —dijo Luis.

—Yo armé la balsa —dijo Carlos.

El rey les pidió plazo por un día para resolver el caso. Y los cuatro hermanos volvieron a la cabaña de su padre sin hablarse apenas. Pero cuando el viejo leñador supo lo ocurrido, muy sensatamente les dijo:

—Volved a decir al rey que no queréis ninguna recompensa. ¿Para qué habría de casarse con la princesa cualquiera de vosotros? El reinado será pesado, puesto que no habéis sido preparados para reinar.

Los muchachos comprendieron que su padre tenía razón. Volvieron a presentarse al monarca, y le expusieron sus razones para no recibir recompensa. El rey no podía creer lo que oía, pero se sintió satisfecho de poder resolver tan fácilmente su problema, y dió un castillo a cada uno en premio a su desinterés.

EL RUISEÑOR

EN un lejano país oriental, vivía hace muchos años un emperador por quien sus súbditos sentían inmenso cariño. El emperador era muy feliz al sentirse rodeado de tanto afecto. Nada faltaba a su dicha, porque habitaba el palacio más hermoso que pueda imaginarse. Las paredes eran de fina porcelana blanca, las ventanas estaban orladas con piedras preciosas, en donde la luz ponía reflejos de maravilla, los pisos habían sido construídos con puros mármoles.

Pero por muy hermoso que sea cuanto pueda decirse del palacio, quedaba pálido al lado de la belleza del parque que lo rodeaba. Es realmente difícil describir la cantidad de plantas raras que lo adornaban. Todo parecía florecer allí con más riqueza y color que en ninguna parte, y sus macizos de flores eran famosos en todo el reino. El jardín se extendía hasta la orilla del mar, que allí parecía más azul y más bello que en cualquier otro rincón del mundo. Y todavía había algo que superaba la belleza de todo esto: entre el espeso follaje del parque, vivía un ruiseñor cuyo canto era dulce y melodioso como ninguna otra cosa, y cuantos tenían la dicha de pasar por el lugar, se detenían embelesados a escucharlo durante horas y horas. Los poetas le dedicaron versos exquisitos, y leyendo una vez el emperador uno de aquellos libros, llegó a enterarse de la existencia del ruiseñor de su parque.

Consultó a todos en su palacio, pero ni sus sabios consejeros ni sus servidores conocían la existencia del pájaro. Los sabios contestaron que seguramente no se trataba más que de imaginaciones de poeta.

Pero es que ellos se pasaban la vida inclinados sobre sus libros, sin moverse del palacio, y nada conocían del jardín.

Uno de los servidores se adelantó entonces, y dijo al emperador que había una niña, ayudante en la cocina, que todas las tardes debía atravesar el parque para volver a su casa. Posiblemente ella sabría algo del misterioso pájaro.

El rey ordenó que la consultaran, y esa misma tarde, cuando la niña concluyó sus tareas, inició el camino seguida por un grupo de cortesanos. Caía la noche y asomaba la luna sobre el mar. Y de pronto, junto a un manzano en flor, se detuvo la niña, diciendo:

—Miradlo. Allí está.

Era un pajarillo común. La pequeña se acercó a él, y le rogó que cantara. Así lo hizo el ruiseñor, y todos quedaron extasiados ante aquella maravilla. La niña contó entonces al pájaro que el emperador deseaba vivamente oírlo, y que esperaba que fuera a cantar para él en el palacio.

—Iré —prometió el ave.

Cuando el emperador supo lo sucedido se puso muy contento y ordenó que la niña fuera colmada de regalos. Y se preparó para esperar a su armonioso visitante. Aquella noche, toda la corte se reunió en el gran salón del trono, resplandeciente de luces y pedrería. Junto al trono, había hecho colocar el emperador una rama de oro para que el pájaro se posase en ella. Y a medianoche, por uno de los ventanales, entró el ruiseñor.

Se paró en la rama y se puso a cantar. Era tan divino y melodioso su canto, que las lágrimas comenzaron a correr por las mejillas del soberano, y cada vez cantó con más dulzura el pájaro. Cuando concluyó, el emperador secó sus ojos y le dijo:

—Pídeme lo que quieras, ruiseñor.

El ruiseñor no quiso más recompensa que la felicidad de haber conmovido con su canto al soberano, y solamente pidió permiso para volver a cantar todas las noches. Gustoso accedió el rey, y de allí en adelante, volvió el ruiseñor cada noche a cantar para él. Pero un consejero celoso sugirió al emperador la idea de encerrar al pájaro en una jaula y guardarlo para siempre. Cuando a la noche siguiente entró el ruiseñor por el ventanal, fué hecho prisionero.

Mucho rogó y suplicó para que lo soltaran sin conseguirlo. Y desde aquel momento, ya no volvió a cantar.

Entonces tuvo otra idea el malvado consejero. Se encerró en su habitación durante un tiempo, al cabo del cual presentó al emperador un invento maravilloso: había construído un pájaro mecánico, de hermoso plumaje, que al darle cuerda cantaba igual que el ruiseñor. El soberano se puso muy contento, y desde aquel día, el pájaro mecánico ocupó el lugar del ruiseñor. Todos lo olvidaron hasta que un día alguien dejó la puerta de la jaula abierta, y el ruiseñor huyó.

Al cabo de un tiempo, el emperador se aburrió del canto del pájaro mecánico, que daba siempre las mismas notas. Y entonces advirtió que la jaula del ruiseñor estaba vacía. Grande fué su tristeza, y mucho lamentó el haberse portado tan mal con el exquisito ruiseñor. Quiso consolarse con el pájaro mecánico, pero no lo consiguió, y además, el mecanismo se fué gastando con el tiempo hasta que ya no funcionó más.

El emperador enfermó de tristeza. Los médicos no podían encontrar remedio para él, y la melancolía se acentuó cuando llegó el invierno y el jardín se cubrió con el manto blanco de la nieve. El soberano miraba desde la cama las ramas desnudas de los árboles, y suspiraba:

—Quiero oír a mi ruiseñor...

Y luego dejaba caer la cabeza sobre la almohada, mientras el viento sacudía las ramas donde ningún pájaro se posaba ya. Hasta que llegó un momento en que los médicos reconocieron que el emperador se moría. Deliraba, y creía ver al ruiseñor que se acercaba a la ventana para cantar.

Una mañana, desde el lecho, advirtió el soberano que el sol brillaba afuera alegremente, y que el jardín sonreía entre hojas tiernas y flores recién nacidas. La primavera había vuelto por fin. El emperador apenas tenía fuerza para volver la cabeza sobre la almohada, y los apenados cortesanos rodeaban el lecho. De pronto, se sintió un alegre gorjeo y en seguida, un trinar maravilloso.

Un pequeño ruiseñor se hallaba en la ventana. El emperador sonrió dulcemente, y dijo:

—Abrid la ventana, que quiero oírlo.

Los servidores obedecieron, y el canto del ruiseñor llenó la habitación del enfermo. Y ante la sorpresa de todos, las pálidas mejillas se colorearon, el soberano se incorporó en el lecho, y dijo con los ojos llenos de lágrimas:

—Me siento muy bien. Mi ruiseñor me ha salvado la vida.

Lo ayudaron a levantarse, y él dijo entonces al ruiseñor:

—Cantarás para siempre en mi jardín, y serás libre como el viento, porque jamás permitiré que te encierren en una jaula.

—Es todo lo que necesitamos los pájaros —replicó el ruiseñor—. Ser libres y cantar nuestra canción para el que quiera oírla. Sin la libertad es imposible vivir. Yo me moría en la jaula de oro.

—Nunca más te encerraré— prometió el emperador, que ante la sorpresa de todos estaba completamente curado.

Y desde aquel día, no hubo ya en todo el reino un solo pájaro enjaulado. Todos cantaban libres en el jardín, y el ruiseñor no dejó de ir ni una sola noche a cantar sobre la rama de oro junto al trono del emperador.

INDICE

Esta edición de 6000 ejemplares se terminó de imprimir el 14 de setiembre de 1983 en los
Talleres Gráficos de la Compañía General Fabril Financiera S.A., Iriarte 2035, Buenos Aires.